KB110372

엘피판 뒤집기

이 도서의 국립중앙도서관 출판예정도서목록(CIP)은 서지정보유통
지원시스템 홈페이지(http://seoji.nl.go.kr)와 국가자료종합목록
구축시스템(http://kolis-net.nl.go.kr)에서 이용하실 수 있습니다.
(CIP제어번호 : CIP2020033671)

형상시인선 28 권분자 시집

엘피판 뒤집기

인쇄 | 2020년 8월 25일
발행 | 2020년 8월 28일

글쓴이 | 권분자
펴낸이 | 장호병
펴낸곳 | 북랜드
　　　　06252 서울 강남구 강남대로 320, 황화빌딩 1108호
　　　　대표전화 (02)732-4574, (053)252-9114
　　　　팩시밀리 (02)734-4574, (053)252-9334
　　　　등록일 | 1999년 11월 11일
　　　　등록번호 | 제13-615호
　　　　홈페이지 | www.bookland.co.kr
　　　　이-메일 | bookland@hanmeil.net

책임편집 | 김인옥
교　　　열 | 배성숙 전은경

ⓒ 권분자, 2020, Printed in Korea
저자와의 협의하에 인지를 생략합니다.

ISBN 978-89-7787-948-5 03810
ISBN 978-89-7787-949-2 05810 (E-book)

값 12,000원

형상시인선 28

엘피판 뒤집기

권분자 시집

북랜드

자서自序

허공 더욱 단단하게 조이기 위해
나 씨줄 날줄 좌판을 두드려
어린 거미들은 고소공포증
드디어 손끝에 뜬 보름달

외줄에 매달려서도 통통하게 살이 오른다

거미의 꼬리 부분이 조금 홀쭉해졌을 때
손끝만큼은 더 강인해져야 했다

투명한 날개 흔적은 남겨두고
야금야금 뜯어먹은 달에서
은백색 시詩의 진액 줄줄 흐른다

2020년 여름
권분자

차례

2

허술한 방

3

나팔꽃 화장

4

뼈의 힘

1

바람의 활보

한정식집 옷걸이

늘

오는 년 안 막고
가는 년 안 잡았다

그리고

시폰 치마 걸치는 날이면
날개옷 걸친 양 사뿐사뿐 가벼웠고
호피무늬 옷 걸치는 날이면
호랑이처럼 힘 불끈 솟아

누군가와도 시시비비 가려보려는

은근슬쩍 나도 알고 보면
골격 있는
가문의 딸년

동면의 동굴

꽃 지우는 석류나무 밑에 버려져
내장 꼬인 구름을 주르르 쏟는 곰인형
망설임을 주워 든 나는
정오 하늘을 여객기 꼬리에 매달린 구름 실밥으로
꿰매주기로 한다

겁먹은 눈망울 저 곰에겐
피 묻은 발자국 나무 아래 수북히 찍듯
분탕질 끝낸 석류나무는
쓰나미가 휩쓸고 간 빈집과 다름없을 것이다

무능한 가장의 발치에서 나는 밤마다 얼마나 걷어차였던 것일까

만사 바쁜 일 다 접고 곰의 터진 아랫배를 밤새 꿰매는 일은
불협의 잠꼬대로 사랑을 깁는 일

저 곰인형 뱃속에
구름 다시 구겨넣자
아랫배 출산의 흔적이 만져졌다

폐타이어 곁에서

다친 발목 질질 끌고 참 먼 길 굴러왔구나
걸터앉는 너의 무릎이 물컹하다
몸 안에는 군데군데 거미줄
매달린 이슬은 그간 삶의 토설인 듯
늙은 여자의 가래 끓는 말투다
백태 낀 안구는 눈물 그렁그렁
달력에 동그라미 쳐놓고 기다렸던
꿈이 지나간 엉성한 흔적들
아픈 발목은 기억조차 깜박깜박
스치는 바람에 많이도 삐걱였구나
변방을 수시로 넘나든 탓에
칠흑 같은 외로움에 갇혀도 보았기에
지금은 막연히 쉬고 싶은가 보다
녹아내릴 사랑이 또 그리워지기는 할까
강아지풀 명아주 억새 품는 이곳에서
내 슬픔도 함께 오래 묵혀두고 싶다
먼 훗날 지나던 누군가가
털썩 나를 깔고 앉으면

탱탱한 풀향기로 와락 그대 무릎팍
쓸어주리라

달려온 먼 길에 얼마나 심장은 고달팠느냐고

바람의 활보

가파르고 미끈한 금속판 담장
나도 담쟁이처럼 올라보고 싶었다

도달의 높이와 넓이를 재기 위해
온갖 과장된 제스처의 분출
사천 명 페이스북 친구를 거느린 누군가가
끊임없이 질러대는 소란스러움에
내실도 없이 명성만 추구하던 나는
폭삭 위축되고

정의와 진리에
어느 한 페이지도 접근하지 못하는 나를 두고
친구들이 소심하다 짓밟아버릴 때
초라해진 나는 빌빌 기어가는 목소리로
변명을 궁리하기 시작했다

신비주의를 고수하거나 은둔자가 아니라고
굳이 아우성치지 않았을 뿐이라고

비 맞은 듯 나는 중얼거렸다

스스로를 알리기보다는 하는 일이나 잘할 거라고
한 번씩 고개를 내미는 내 말에
예민해지는 담쟁이의 귀들

성격 차이

조금 있다가 다시 얘기하자며
끝없는 앙탈의 추근거림에 그는
'당신은 생각이 많은 사람이군요' 한다

생각의 틈에 앉은 그는
성격 급한 나를 조용히 기다리게 만드는 힘
뜻밖의 제안이나 질문에도
늘 나를 무안하지 않게 했다

내 물음에 기댄 그는
허공을 가만히 응시하며
어떤 답을 찾고 있을까

바람 소리를 배경으로
깊은 심호흡을 답으로 내놓으며
그는 곁에 두고도 없는 듯
나를 흔드는 침착한 여백이다

몸 안에 가둔 달

아파트 베란다에 서 있는 나
거대한 상권 그물망에 갇혔다

여덟 개의 동은 가느다란 거미의 다리
움찔움찔 통증
팔뚝에서 허리 쪽으로 기어간다

여기저기 쑤시는 등짝에
갈색나비 즙 바르면 나을까

수시로 뒷모습 거울에 비춰보며
파스 붙일 자리 찾아내려는 나

막 배달해온 닭다리 집어 든
나비문신 긴 손목 그림자는
칸칸의 상권 사다리가 반갑다

신의 영역

산 자들의 음모들
죽은 자는 모른다

말조차 비밀문서로 보관하듯
해인사 뒷산 칸칸의 창고에
가두어 두었기 때문이다

진정이라는 이 공간
팔만대장경을 가둔 자물통도
열쇠 든 자를 묵묵히 기다리는 것처럼

나 아직
인간의 영역을 넘어선 자들을
만나보지 못했다

고유해서

모든 헤어짐에는 반성해 볼 여지가 있다

길이길이 한결 같자고
자주 어울렸지만
서로의 허물을 다 덮어주지 못했으니
돈독할 수 없었던 거다

혼자 와서 혼자 가라는 말
틈의 끝을 벌리려다가
동강 나버린 칼날이 그렇다

반항이 길어질수록
두려움도 커져간다

동강 난 칼날 하나씩 품고
방향 다른 각자의 길로
걸어간다, 돌린 등
뒤돌아보지 말기로 하고

냄비의 안쪽

혼수로 가져온 통주물 냄비
비어있는 안쪽을 가만히 들여다보는데
없는 길 만들겠다고
부지런히 오고 간 발자국의 흔적
수없이 긁히거나 눌려 있다

금방이라도 진눈깨비 내릴 것 같은
한 시대를 풍미하느라 얼룩진
거긴 나만의 잿빛 풍경이다

둥글 넓적한 풍채로
짠맛, 매운맛, 시큼한 맛에 기름까지 두르고
혹독하고 잔인하게 올리던 열기에
곳곳이 튼살이다

이곳에 실존했던 이들은
벌써 인간사 쓴맛 단맛 다 터득했을 것이고
고작 딱 35년이 흘렀을 뿐이라고

신혼 첫날 흐린 하늘에
한 여자 끈적한 눈물
소금 알로 뿌려지고 있다

주부라서

예상치 못한 민폐들이 나를
초라하게 만든다

피고름 짜내지 못해 굳어버린
경직의 자궁도
내 탓이라고

곤란하거나 불편한 건
언제나
여자로 태어나 여자로 살아온
내 몫이라고

뼛골 시린 상처 위로
잔솔가지 흔드는 바람은
여전히 불어오고

나무의 두 얼굴 · 1

밤에 보는 담 위의 꽃은
현실을 훌쩍 뛰어넘을 수 있을 만치
환상적이었지

꽃을 지운 뒤엔
밤의 찬란함은 온데간데없고
늙은 담장과 지친 나뭇가지만 남아
삭막해졌지

겪지 못할 것을 겪은 것처럼
내가 느낀 것은
배반이 남긴 지독한 고독이었지

늘 한 발짝 벗어난 곳에 있는 줄 알았던
바로 지금 내 곁의 너는
생각 없이 쓴 유서처럼
찢겨 흩뿌려지는
꽃잎의 얼굴이지

나무의 두 얼굴 · 2

〈벚나무 카페〉에 앉은 나는
앵앵거리는 전화기를 든다

며칠 사이에 수백 명의 친구가
SNS 속에서 늘었다가 줄었다가

남자는 남자 여자는 여자일 뿐이지, 라며
대 바겐세일 현수막 내다 걸던
한 시절 가지의 꽃들은
다 어디로 떠나갔을까

한동안 복닥거리던 시간이
종소리 없이 시작되는 수업 시간
침묵은 진초록 칠판으로 걸려 있다

방문자가 남긴 포스트잇들
〈기다리다가 간다〉〈다녀간다〉
삐뚤삐뚤 써놓은 갖가지 암호

〈벚나무 카페〉 서쪽 벽면이

울긋불긋 어지럽도록

물들고 있다

코로나19 헛꿈들

상표 떼지 않은 배낭에 약간의 허세를 넣고
여기저기 떠돌아보기로 했어

일상의 고단함을 피해
품기 시작한 지구 탐방의 꿈

혼자만의 여유라는 그 꿈의 뒤를
스토커의 칼날이 따라붙으면 어쩌지?

기대였다가 공포였다가 불안할 게 빤하다고
서성대며 찍는 과잉관심의 발자국들

야금야금 갉아먹는 바이러스는
호기심은 있으나 용기는 없는
이 나이면 짐작되는 헛꿈들

허물어진 기대

맑았다 흐렸다 몇 년째 반복하는 기분
조울증이 의심된다

매일 아침 잊지 않고
전화로 안부를 물어오는 친구가 있어
그나마 나는 녹는 속도가 느린 빙하

멸종 위기에 처한 인근의 북극곰
최고의 약인 관심을 촉구하다가
표정이 어두워진 친구는
심드렁해졌다는 걸 아는 순간

오르고 내리기를 반복하지만
박스권을 무너뜨린 적 없는 친구에게 나는
우량주로 알고 믿었다가
잘못 배팅한 불량주가 되고 말았다

연평도 멸치

숙취 위장이 뒤틀리는지 꾸르륵 꾸륵
굴곡진 파도의 선반에 웅크려
자유롭지 못하던 사유를 본다

냉장고 속 비닐봉지 뒤집어쓰고
아랫배 시커먼 똥조차 말라서
질척한 물결을 추억하던 멸치들
옆 뒤 돌아보지 않고 달려들며
달달 볶아 달라 움푹한 눈자위로 앙탈이다

내 혀끝에 전할 뼈 맛이란
잠시 보였다가 사라지는 파도 같아서
냉장고 문짝 열고 갓 기어나온
얼어 응축된 두리번두리번 눈알은
조간신문 탄흔의 연평바다를 읽는다

잘근잘근 씹고 있던 시가 삶이면
그물에 포획되기 전 너의 수명은 얼마인지

살갗에 묻어있는 비늘에서
흐리지만은 않은 내일이 몰려온다

돋보기 쓰고 앉아 포구를 들여다보던 나는
잠시 모래 위에 찍힌 갈매기 발자국에
헐렁해진 이빨을 교정하고 싶어진다

아까워 주워먹은 내장 탓에, 눈알 탓에
꾸르륵 꾸륵 아랫배는 불러오고
빈혈을 거뜬하게 일으켜 세우는
작고 자잘한 사유의 힘

불 지피는 꽃대궁

액자 안에 있는 사람에게
액자 밖에 있는 나는
지문 갖다 대거나
동공의 유전적 깊이로 가닿는 게 전부죠

아버지 당신은 짚단 썰어 넣고 흙을 버무린 집에 살았나
요. 방구들 달아오를 때 지푸라기와 섞인 붉은 흙의 자궁
으로 나를 밀어낸 게 분명해요. 널어놓은 평상의 고추는
다 말라버렸고 흘러나온 고추씨를 삼킨 닭들이 소복이 내
게 남겨졌어요. 날것의 냄새가 평면일 수 없는 삶의 비탈에
서 뛰어내려서 나는 쑥스러움마저도 점차 잃어가고 있었
지요. 당신이 갇힌 액자를 향해 말을 걸거나 마른 걸레로
닦고 또 닦아도 당신은 결코 내 삶에 등장하질 못한다는
걸 알면서도 들여다보기를 멈추지 못해요. 횟대 하나 덩그
러니 걸린 철망의 궁지에 몰린 게 분명한 거죠

나 오늘은
마당 가에 핀 코스모스 꺾어

당신의 유리창 문 앞에
마른 꽃 낟가리 쌓아요

아직 피지 못한 꽃들도 다 마를 때
흙벽 집 당신 아궁이에
불 지피면 될까요

모락모락 굴뚝 연기도 없이
꽃의 신음이 타닥타닥
검은 테 액자 안 아버지 방구들
따뜻해질 테니까요

겨울 상수리나무

1
어머니 살던 집 현관문 손잡이에 가랑잎 걸려 있다

아파트 한 동을 통째로 벌레가 파먹었다

오가던 삿대질, 수북한 고지서, 물기 마른 틀니
나무 그늘이 닿던 노인들의 평상마루도 기울어졌다

하늘이 가까이 있어서 좋았던 아파트가 이유 없이 배고
파졌다

2
아파트를 내어 줄게 와서 살아봐!

내 어머니 살던 집에 들어와 사는 게 어떠냐고
산책길 따라오던 다람쥐에게 넌지시 물어보는데
설레설레 고개 흔들고 달아난다

달아나다 멈칫, 뒤돌아본다

내 권유가 있기 전에 다람쥐는 벌써
어머니 살던 아파트를 다녀왔다며
상수리나무 옹이 빠진 토굴 속으로 꼬리를 숨긴다

모처럼 건넨 따뜻한 권유가 민망해졌다

코로나19 안개주의보

어둠에 휩싸여 오갈 데 없는 내게
거리의 안개가 따라온다

빳빳하게 풀 먹인 흰옷
빠르지도 느리지도 않은 걸음걸이다

나는 한 치의 앞을 깨뜨리고 싶은데
쨍그랑 소리치고도 남을 후회들
안면 가린 마스크 속으로
파고든다

앗! 전설을 흠모하는 바이러스에 놀라
날카로운 눈썹을 치켜뜬 채
묵묵히 귀를 내어주며

네가 나에게 입 맞춰주기를 기대하다
나는 등을 돌린다

유혹의 손짓 두려운 얼굴에게
미간에 깊이 패인 주름은
무기가 된다

2

허술한 방

똥파리

이런 모임 저런 모임
사람 향기에 이끌리다가
벨벳 드레스 저 여자
자정 넘어서야 집으로 든다

갈색 선글라스에
날개 흔드느라 남발한 카드 탓에
핀잔주는 남편 앞에서 납작하다

벼르고 벼르던 파리채에
발정 끼 저 여자
두 손 싹싹 비비는데
수북 쌓인 설거지통 그릇 무더기가
부아통을 건드린 걸까

늦여름 방 안 유리창에
자꾸 곤두박질하는 저 여자
더럽다며 신세타령이다

처치곤란

늦가을 화분을 정리하다가
깨달았다, 산다는 건 전쟁이라는 것을

봄날, 찾아든 여리고 여린 난민들
하나둘 자리 잡고 왁자지껄한 시절을 살아가더니

된서리 터뜨리는 허공의 포성에
기둥도 서까래도 흙벽도
일으켜 세울 어떤 의지도 보여주지 않은 채
한 떼거리 풀들 무너진 채 머물다 떠났다

떠나고 남은 자리에는
낡은 옷가지와 쓸모 잃은 짐짝들만 남겨졌다

노독 풀던 그들 꽁무니는 된서리에 놀라
풀은 다시 홀연히 길을 떠난 것이다

어떤 문서는 박박 찢거나 꼭꼭 땅에 숨겨놓고

허술한 방

분칠 지워진 늙은 호박이 식당 종업원 노곤함 곁에 쭈그려 앉았다 신세를 한탄한들 달라지지 않을 방 귀퉁이 오고 가는 사람들 쳐다보아도 신수는 누런 얼굴빛 골골이 뭉그러지는 살점은 봄날이다

외곽지 담벼락에서 느릿느릿 바람과 내통하느라 어둠에도 탈 없던 지난날을 뒤돌아보는 얼굴에는 달빛에 먼저 말린 배꼽자리가 가렵다 넓은 잎으로 이슬 삼켜주다가 가끔 구름 뒤로 밍그적거렸던 엉덩짝은 삐죽한 치질로 아리다

이 호박 놓인 허술한 방에서는 여자가 남자의 얼굴 할퀴는 소리에 놀라기도 했을 터, 오싹한 주먹 달빛이 공포의 주먹질로도 보였겠지

갇힌 방문 손잡이는 수없이 비틀고 싶었을 것, 주인이 목덜미 혈관 잡아끌고 가는 동안 부석처럼 얼굴 오래 포갠 서로에겐 귓속에 간신히 내려앉는 여린 소리로 무언의 신호를 보내는 것이었다

주먹을 힘껏 쥐어 내벽을 쿵쿵 두들기면, 누가 무딘 칼로
열어봐 주기도 할 거라 믿은 입술 다문 여자, 깊게 숨겨둔
절망이 방구석에서 저 혼자 희망을 익혔던 것이다

어느 모퉁이에 앉아도 둥근 몸속에 가둔 씨앗들 있어 끄떡
없다는 허술한 방은, 늙은 종업원의 태연한 중심이 부럽다

운명

좌석버스 의자에 앉았는데
앞 의자 등판에 내걸린 광고는
인간사人間事 다 엿본다며
이사문제 자녀문제 결혼운이 궁금하신 분은
전화하라며 부추긴다

앞사람 얼굴이 보이지 않는 나는
앞사람의 뒤통수를 향해
주먹을 휘둘러보고 싶었다

그리하면 버스 안 사람들은 웅성대기 시작하겠지
달리던 버스는, 지구대 앞에 정차하겠지

누군가의 발길질에
파괴의 흔적 껴안고 살아간다 믿었던 불구
중첩된 우울을 이젠 결박하고 싶다

인간사 다 엿본다는 전화번호를 달고
만원의 사람들 상처를 질질 끌고 버스는

지구 표면 길이 세워 둔
채집망 걸친 가로수 사이를 유유히 굴러가겠지

내게 뒤통수를 얻어맞은 앞사람은
누구일까? 석가나 예수나 장자일지라도
내게 무슨 항변을 할 수 있단 말인가

머지않아 뒷자리에서
내 뒤통수를 후려칠 달이
자꾸 버스를 따라오고 있지 않은가

엘피판 뒤집기

설거지 끝낸 손이 어쩌다
복개천 버즘나무 같을까

촘촘한 길 읽어내던 전축바늘
엘피판에 중독된 나는
라이브 카페 고흐의 초상화 같은 남자에게
압생트는 없냐고 외쳐보는 중이다

밥풀 몇 개 동동 떠내려 보낸 싱크대
손에 젖은 물기를 탈탈 터는데
문틈으로 보이는 버즘나무는
어찌 그리 나를 닮아 가는지
어제 내린 서설瑞雪에 출렁이던 가지들은
잘린 귀를 들고 와서
어디에 붙일까 고민이다

매연에 찌든 가지는 가늘어도
아랫배 자꾸 부풀리는 버즘나무

언 몸이 부스스 살가죽 벗기더니
턴테이블 기어 나온 음악 곁에
말갛게 씻긴 그릇들을 놓아둔다

이맛살 주름으로 기타 튕기던 남자
며칠 전 허공을 짚던 그 남자의 반주
저렇게 늦도록 변방의 카페를 떠도는 연유가
싱크대 마지막 빠져나가는 물
배수관 핥는 소리를 닮았다면
억측일까

내가 넘기는 엘피판 뒷면은
여전히 복개된 개울이어도
나무가 이제 환한 봄빛이면
버즘나무 그만 우울해도 되겠다

접붙이기

1
백세를 절반으로 꺾은 동창생들
다들 이모작 이야기다

탱자가 귤, 찔레가 장미, 머루가 포도, 박이 수박이 된 그들
작고 야물고 시고 떫던 야성이
아프고 슬프고 찌든 과거가
돌연변이 앞에서는
하소연도 달짝지근하다

나이보다 더 깊은 주름
보톡스 주사로 애써 지워낸 흔적에도
말할 때마다 비틀리는 얼굴은
현실이 녹록하지 않다는 증거다

마무리는
감씨 심은 자리에 떡 하니 솟는 고욤나무
강인한 자식 자랑이다

2
자매이지만
생각 다른 동생과
반대로 일어나는 마음 베어
접붙여 다니다가 알게 된
어릴 적의 싹수

언니 얼굴에서는 아버지가
동생 얼굴에서는 어머니가
한 바탕의 두 싹수가
옳으니 그르니

왈가왈부ㅌ피ㅌ줌다

나팔꽃

오래 알고 지낸 사이라 할지라도
비밀 한 페이지는 숨겨둔다

드러내 놓고 보여주는 암술과 수술
두 가지 색깔로 서로를 다 보았다는 건
착각이다

그래도 그 정도는 순수하다

혼자 고상한 척하는 여자 한 걸음씩 따라가 보면
나팔꽃 징검돌처럼 피더라

갓 쓴 등잔 두 개를 놓고
빛 부욤할 무렵에 끝나던 술자리
갈라진 목소리로 팔짱을 낀 채 코웃음 치던 여자는
새벽녘 온몸의 힘줄이 꿈틀거려
꽃피우러 가더라

얼굴에 화장 짙게 바른 나는
꽃피우러 가는 여자에게 빙긋 웃음 건네고
점점이 혼자 찍어보는 나팔꽃 발자국

푸른 멍의 중심이 환하다

인형

무명한복 갈래머리 코고무신
나는 언제나 소녀를 꿈꾸는데
어디서 방부제 냄새가 난다

며칠째 불면인 내 머리맡에
유리 덮개의 시간에 갇힌 저 여자
실눈 뜨고 무수히 발길질한다

폭탄세일 매장 귀퉁이에서 파마머리로 뽀글거리다가
달동네 오르는 내 뱃살이 무거울 때
코를 벌름거리며 골목길 지나온
내 장바구니를 살핀다

내 삶의 흔적 훤히 알고 있는 여자 앞에서
체온을 잃지 않고 살아보려 애쓰는 내게
구겨진 옷섶 파삭한 몸짓 그녀는
정강이 찢긴 나를 기워주고 싶었는지
바늘쌈지 꺼내들고 다가온다

오늘은 저 여자
발효하는 우주 속에 잠들어버린 나를
끊임없이 흔들어 깨우려 한다

달빛 씻기기

달의 모서리를 쿡 누르자
비릿한 물냄새가 났다

너를 지우는 나를 원망 마라, 달아
얼룩덜룩한 때를 벗기기 위해
수시로 냉 온수 번갈아 트는 나는
온갖 얼룩진 말의 거품 흘려보낸다

나른한 발걸음을 이끌고
부스스 날개를 몸에 두르던 나는
부글부글 찌든 비누거품 게워낸다

새벽 비가 다시 저녁 창틀에 닿으면
달의 방뇨는 거품을 일으키며 떠내려간다

내 머릿속은 온통 요란한 습지
갑자기 안개 냄새가 물씬
비는 흐늘거리는 속살을 핥으며

피 맑아질 새벽까지 오롯이 달을 씻긴다

달빛이 건너간 지상의 물 위는
빙글빙글 드럼 세탁기 같아서 맑은 꽃 피운다

달의 손짓 안쪽은 불면의 흑점
탈수된 옷들이 점점 가볍게 널어진다

쑥

일월산 총각도사집 간판 아래
햇쑥으로 탑을 쌓은 좌판은
몸뻬바지 그녀를 쭈그려 앉혀 두었다

삼십여 년 전 친구가 거기 있었다

한때는 별이 될 수 있을 것 같았고
지구의 불빛이 될 수 있을 것 같았다고
매연 뒤집어쓴 도로에서
그녀가 들려주는 점괘는 쑥 냄새다

우연히 점집을 찾다 마주친 그녀가
이젠 눈이 흐린 건지
길 조심하고 즐거운 날 되라 한다

꿈은 이루어질까, 궁금해 찾은 절집
쑥스러움을 내민 그녀 앞에서
부풀린 비닐 안쪽엔 갓 돋은 쑥들이

겨울과 맞짱 뜬 그녀 흔적 같았다

밟힐수록 단단해지는 어떤 힘이
봄비에 너와 나 다 희미해져도 선명해지는 쑥빛
일월산 간판 앞에서 바람과 또 악다구니다

못, 기억의 자리

　순백의 천으로 뒤집히던 배자못 물안개 속에서 재봉틀
소리 들린다

　난데없는 내 기억이 내리꽂힌 거야. 일그러지는 그 표정
을 봤어야 했어
　물 위에 떠 있던 오리 떼가 바늘 같은 부리를 물속에 박
아 넣을 때
　은비늘빛 꽃이 피어 얼굴에 배열된 구름이 환했어

　극에 다다른 것들이란 아픔을 견뎌내고서야 별꽃이 되
곤 했지
　그러나 지금은 별이 다 사라지고 남은 광대뼈에서 장구
벌레가 바글거리지

　숨통을 죄는 것으로부터 도망치다가 배자못 자리에 이
르렀다고는 하나
　내리는 빗방울은 대못 같아 고통이 궁극의 길임을 알
았지

꿀꺽 삼킨 고요의 힘은 어디로 가고 긴 갈증은 시멘트벽이 재봉틀이 되어
　슬픔의 둥근 천을 박아내지

　나는 이 자리에서 참 오래 살았어, 그래서 또 다른 길을 바느질하지

　내가 머무는 공간에 가득 찬 소음을 들여다보는 거울 속 얼굴은
　덧댄 천 조각들로 누덕누덕 기워지고 있었지

　뿌연 기억 거울을 나는 골똘히 들여다보는 거였다

금호강

강둑, 출렁이는 등뼈 위로
자전거 한 대 지나갔는가 싶었는데
군데군데 털 빠진 고양이 뛰어나온다

지난겨울 불길 혓바닥에 깔깔거리던 풀숲
눕혀져 얌전해질 때, 강둑 혈관 내벽은
근질거렸나 보다

오랫동안 잠들었던 공룡 몸에
모래를 퍼 올리는 포클레인 삽날은
이제 사치스런 옷이라도 재단하려는지
햇살에게 내어주는 푸른 유선들

허기의 자리에서 초유를 기다리려면
고치 밖, 고개 내민 나비의 몸짓은
굶주린 사랑 얼마나 더 참아야 할까

중얼거리는 커다란 위胃의 고통에

설렁설렁 녹슨 칼 억새가 스쳐도
노인이 탄 자전거는 넘어짐이 없다

좁쌀꽃 말라있는 등판
초식 공룡을 누가 멈춰 세웠을까

둑의 경계 밖은 흙탕물인 걸 알아
후드득 빗물 페달 밟으며 건너오는 욕망
저 자전거 지나간 뒤
흥건한 바퀴자국은 무엇으로 지울까

꽃 대신 등燈

핏줄 태우는 소리 지지직 지지직
쓸려 다니는 꽃향기에
도드라진 가슴이 열린다

잠을 인두로 지져대듯
우주 저편이 부옇게 찢기면서
깨어 어깨 흔드는 밤중

등 흰 나무 물관 바깥으로 빠져나오던
자목련은 붉은 탯줄의 향기였나

낯선 장소에 내려앉아
어지럼증을 앓고 있는 우주인이
꽃의 중심에 타고 있었다면
아주 위협적으로 흘려보내는 그들의 말
지지직 지르르륵 반복적이다

무슨 말인지 전혀 알아들을 수 없는

먼 먼 행성의 방언方言
어느새 이곳에 앉아 50년이 훌쩍
점차 익숙해진 내가 할 수 있는 건
2층 아파트 창문을 여는 것

꽃으로 오래 머물다 보면
어떤 불안함도 지워질 것 같았지
아스팔트 그대는
내가 켠 등불을 몰래 훔쳐보려다
쩍쩍 갈라진다

흐릿해진 전구를 누가 갈아주는지
늘 환해서 좋은 창밖
등은 이제야 꽃이다

밤마실

바늘귀에 꿰이지 못한 실들의 끝이
허공을 얼마나 찔렀던가

꽝꽝 언 달은
쓸쓸한 문을 노크하고 싶을 때가 있다

아이들 방 남편 방 어머니 방
번갈아 들락거리던 내가 목구멍까지 찬 짜증 털어놓느라
나무가 피운 꽃들과 시시덕거린다

슬그머니 현관문을 나선 나는 속엣말의 손잡이를 당겨내어
에스키모족 둥근 얼음집쯤에서
훈제의 살점을 뭉텅뭉텅 썰어내지

오래 참았던 집은
그제서야 부푸는 거미의 아랫배
101호 남자가 102호의 초인종을
고의적 실수인 듯 수시로 눌러

얼레에 감긴 타래실인 나는 달을 향해 굴러가지

모아 쥔 손 쿡쿡 두드린 곳에서
움츠린 자귀꽃을
애써 벌리려 드는 거였다

사라진 욕망

사과가 빠져나간 흔적을 음각으로 새긴 조형물이
아파트 입구에 놓여 있다

손을 넣어 휘저어보아도 사라짐의 안쪽에서는
그럴듯한 변명이 만져지지 않았다

'사라진 욕망'이라는 제목을 달기까지
조각가는 얼마나 고심했을까

빗물에 젖은 손가락으로 한 채 아파트의 문고리들을 헤
아려본다

거미가 펼쳐놓은 수직 그물의 집
문이 보이지 않는 칸칸의 방마다 130억 년 전에 출발한
별빛이
문고리에 닿으려는 순간이다

이때, 거미 몸은 케플러22b 행성

600년 후쯤에야 만날 사랑에
빈방의 칸칸을 숨어서 지켜보는 거였다

삐딱하게 올라타는 바람의 등뼈에서
아파트는 머지않아 통증에 시달리기도 하겠지

누가 수시로 여닫아 주지 않을 때
몸에 달아놓은 수많은 손잡이들을 얼마나 쓸쓸할까

아파트 입구에 세워둔 조형물
사과 빠져나간 욕망의 빈자리가 그러하듯
거미인 나의 눈은 점점 움푹해질 것이다

비쥬 라식

따스한 눈빛 따라
더 발달된 기술을 찾아온 부산
떨어지는 빗방울에
낯선 사람들과 성급하게 섞이고 있다

발목 잡는 일박 이일
버리고 온 일상 잠시라도 잊으라고
파도가 생각을 부숴놓는다

딸의 추스르지 못한 동공이
등대 불빛 따라 아득해진다

따끔따끔한 눈동자 안으로 흘려 넣는
인공눈물 질펀하게
흐렸던 시간들 이젠 밀어내야겠다

타래진 시간을 적시는 비
딸이 쥔 방금 씻어낸 세상
최신형 휴대폰 화질 속에서 출력되는
햇살이 환하다

3

나팔꽃 화장

말밤* 여자

먼 길 걸어온 고단한 여자가
못 둑에 앉아 물결에 편지를 쓴다

검고 투박한 펄 종잇장 같은 물결 위
자기만의 영역에 말밤을 삽화로 그려놓고
출렁출렁 서러움 써 내려간다

반경 넓히는 갈대를 밀치고
팔을 뻗어 호수의 깊이를 재는 여자
물 밖 세상은 안중에 없다는 듯
그녀의 눈매는 검고 뾰족하다

밤새 죽은 별들을 꿰어 목걸이로 건 과수댁
내심 누군가 손 뻗어 건져주길 기다리는지
못 둑 근처에 나와 앉았다

혼자 사는지
울타리 철조망엔 접근금지 팻말을 내다 걸지만

별들에게 쓰는 그녀의 편지에는

검게 여문 물결무늬만 가득했다

* 말밤 : 연못에 자라는 마름이라는 식물의 열매

좌우가 헷갈릴 때

열쇠를 좌우로 돌리는데
지상으로 떨어지는 별의 손목이 끙끙 앓는 소리를
녹슨 현관문에게 들려주었다

굳게 닫힌 빈집에서 어쩌다가 내가
떠나고 없는 엄마의 퍼덕거리는 날갯짓 소리를
이토록 명료하게 함박눈에게서 듣게 되었을까

열리지 않는 자물통 구멍을 두고
좌우를 가릴 때면 나는
바람에게 뭇매를 맞은 감나무처럼 윙윙 울어야 했다

내면에 음각된 암호를 풀어보는 것이란
살 깎는 추위 모질게 견디면 될 줄 알았는데
아직도 좌우를 구분하지 못하는 아둔함이라니!

더러 열쇠인 당신들도 종종 그러했으리라

닫힌 구멍에 명중할 화살촉 정도는
두렵지 않게 지닌 별, 반짝이며 데려올
함박눈 당신이 그리울 뿐이다

나팔꽃 화장

넝쿨손을 가지지 못한 여자
얼굴에 뽀샵 처리 마치고 방 밖으로 나가려는데
통로가 오리무중
손에 힘이 풀린다

오후의 거리에는 언제쯤 햇덩이가 식어갈지
이중으로 닫아 놓은 불면에 붉어진 얼굴 위
밀린 잠의 꽃가루들이 덧칠된다

거울을 두고 마주 앉아 서로를 빤히 들여다보는데
굳어있는 표정, 앞의 여자는
점점 더 얼룩덜룩해진다

반사의 빛 앞에서 DNA들은 누런 벽지 꽃무늬를 닮아갔다

당신 정말 내게 보충해줄 힘이 없는 거야?
아주 조금씩만 밝아지라고 이제 나는 창문을 열 차례다

밖의 여자와 안쪽 여자의 소통을 위해
부지런히 귓속말 마우스를 움직이자
높은 벽 허공을 더듬는 나팔꽃이 먼저 핀 순서대로

툭
툭
떨어져 그녀 팔뚝 혈관을 덮어주고 있다

알타미라

골목길은 캄캄한 자물쇠 구멍이다

홍시가 철퍼덕 떨어져 시큼한 골목길에서
끝이 살짝 녹슨 열쇠 하나 주웠다

잘 닦아 가방에 넣어두려 했으나
허겁지겁 한 여자 달려와 주운 열쇠 돌려 달라 한다

그렇게 지금까지 주워서 돌려준 열쇠는 몇 개였을까

내가 가진 것은 현관문 열쇠와 달 방 열쇠뿐
골목에선 어떤 만남의 기적도 일어나지 않았다

짧은 순간 어두운 골목으로 발을 밀어 넣지만
철커덕 열리지 않는 마을은 동굴 감옥처럼 어둡다

자물쇠 구멍에 뜬 달을 만지기 위해
손끝에 모은 감각으로 자물쇠를 열려 하지만

이미 나는 좌우조차 잊었다

내게서 열쇠 낚아채 간 그녀들은 다들 행복할까

티타임 벚나무

갓 추출한 에스프레소 잔이 이러할까

시커먼 몸통 위 한껏 벙근
크레마층 나무 아래에는
오래전 퇴직한 한 남자가
맞은편에 앉아 있는 지인들을 향해
꽃놀이 기분이 어떠냐고
슬그머니 내놓는 말

스쳐간 여자가 백 명이라고
부풀린 자신을 연애의 에피소드 속에 가두다가
가볍게 증발하는 현재의 자신을 알아버린 그는
소리 없이 꺼지는 거품을 닮아갔다

까르르 까르르
굵고 시커먼 에스프레소의 아랫도리
쓰쓰름한 미각으로 더듬다가
자야 숙이 희야에게

그 남자 움찔하고 있다

꽃 진 자리 머지않아
시커멓게 매달린 버찌

만족

아파트가 어두운 벽면에 내다 건
한 컷의 프레임 안에는
나뭇가지에 걸린 달이 있다

부부가 저토록 다정할 리 만무한데
나무와 달, 그럼 부적절한 관계?

서로 좋은데 분위기가 좀 고전적이면 어때!

이미 수없이 포스트잇 붙였다 뗐다
해마다 반복해 온 나무 곁
헤어짐이 만남이고 만남이 곧 이별이라는 것쯤
달은 아는 눈치다

삐딱하게라도 곁에 붙어있는 이 순간만은
인생 뭐 별거 있어? 적적하지 않으면 되는 거지

비만으로 늙어 후줄근해 보이는 나

네가 나를 청하지 않았듯
난들 너를 청했겠어?
검은 쌀밥에 올려진 계란노른자
톡 터트리듯 투덜투덜

조그만 흡족과 가벼운 실망이
교차하면서 지나가는 저 프레임 평온하다

늘 너의 바깥인 나의 하루는
은은하게 먼지 낀 유리창 현황판
불만족이라는 그려놓는 막대그래프다

과수원의 개

종일 짖어볼 일 없어 누웠다가
물그릇에 들어오는 달
혀로 핥는다

반숙과 완숙의 시간이 뭉개지고
둑 건너 망초꽃 따라 웃다가 그리움도 뭉개지고
꽃 지운 늙은 사과나무에서는
습기 찬 울음소리를 오래 듣지 못했다

일주일 치 부어 준 사료알갱이를 집어삼킬 때
사막이라고 소리 죽여 낑낑 울었으며
개는 더 이상 견디지 못할 만큼
가벼워진 질량의 시간을 물어뜯었다

어금니에 닿은 것들이 하나씩 소멸해 가는 걸 보며
벗어날 수 없는 곳을 벗어나기 위해서는
망각과 순응뿐이란 걸 깨달았다

달의 노란 이국적 눈동자도 빙글빙글 가지의 사과를 돌릴 때
들꽃은 가느다란 손가락을 살랑거리며
외로웠던 삶의 징표들을 알려주었다

픽 쓰러진 달은 운명을 부둥켜안고 어디로 갔을까

늦여름 갈증에도 주인은 나를 돌보지 않는데
나는 끊임없이 나무를 돌봐야 한다

깊어진 슬픔 억누르다 해진 입안
정교한 송곳니 하나가 빠져나간 것도
짧은 뿌리 가진 방랑자들 욕망도
부유하다가 말라 퍼석한 흙에 차례로 눕는다

개는 그렇게 앞발로 땅을 파더니, 코로 킁킁
언젠가 자신이 묻힐 구덩이 냄새를 맡는다

복숭아

아!
헛헛한 삶을 달에게 고백하다가
멀쩡하던 볼 안쪽을
나 깨물고 말았던 것

꺾인 가지의 진물 뒤집어쓴 복숭아에서
꿈틀, 벌레가 기어 나왔다

당신 캄캄한 곳에 얼마간 있었나
속을 얼마나 파먹었는지
벌레는 볼이 통통하다

당신이 와삭 베어 물었던 나
속까지 내어주고도 통증을 모르던 나
노을 앞에서 얼굴 붉히던 나
그대 앞니를 입술로 흔들던 나

울다가 웃다가

사랑의 증표라고 내보이는 그대 할퀸 자국에는
현관문이 달려 있다

꼭지 무른 허공이 달에게 그랬듯이
그대 수시로 들락거리라고
문고리조차 헐거워지는 시간이다

뭐?
유부녀가 정신 못 차린다고!
벌레란 놈이 멍든 몸 여기저기
또 독한 이빨 들이댄다

밑도 끝도 없이

며칠 전 병원 다녀온 아내가
"이제는 가야겠어요"
툭, 던지는 말에
순간, 등골 서늘해지는 남자
어둠이 드리워지기 쉬운 나이 탓이었나 봐요 분명

그 어떤 사물보다도 낮은 공간에 웅크리다 보면
닫힌 바닥에, 더 이상 이어지지 않는 지점이 있어
놀라게 되더라고요 툭 던지는 어감에도

어디서 왔다가 어디로 가는지도 모르는데
남은 날 노후자금이 도대체 얼마인지도 모르는데
"꽃놀이 간다고 말했잖소"
또 후려치더라고요 한 싸대기

가끔 앞뒤 연관 관계가 없어 갈피 못 잡을 말이라 해도
퉁치고 알아들어야 하나 봐요
함께 보낸 세월만큼

능소화, 비에 젖다

관음사 지장전 뜰
능소화가 비에 젖고 있다

가야금 선율 따라 활짝 피던 그녀가
팽팽한 몸 구석구석 높은 음을 내던 그녀가
그만 툭
줄 끊어진 가야금이 되었다

무릎 접고 업장소멸 비는 등 뒤
비는 낮은 골을 타고 흐르고
떨어진 능소화 꽃잎

필요한 건 뗏목인데
쉽게 떠나지 못하고
등 뒤에서 울리는 목어 소리에
움찔한다

배추

속은 꼭꼭 채워졌을까?
너는 나를 수확하고 나는 너를 수확한다

너와 내가 조우하는 우리의 외곽지

철 지난 자리에서 뽑혀 나가는
너는 이 시간이, 나에게 머무는 시간보다
더 편하고 좋다는 걸 안다

돌아서면 왠지
후회만 남을 걸 알기에
수확이 끝난 밭고랑
무서리빛 칼날처럼 서성인다

나도 모를 나를 쪼갤
누군가의 눈빛에
동강 나며 쩍 벌려 보여 줄 속

실망스럽지는 않아야 할 텐데

부레옥잠

연못 주변에는 캠핑족인 그녀가 머문다

술 취한 아버지 헛손질 피해 달아나
젖먹이 동생 안고 숨어들던 연못가

일곱 살 여자아이에겐 물안개가 꽃으로 피는
노상의 새벽이 좋았다고
받지 못한 사랑을 잃어버린 뒤에도
물결 위에 뜬 수초꽃이 좋았다고

그녀, 가끔 별무늬 박힌 요트에 누워
스스로를 물 건너로 떠미는 습관에는
멀리 켜진 가로등이 일렁일렁 수면 위에 내려놓는
꼬리에 꼬리를 무는 시장기다

노상에서도 달콤하게 잠 청하는 법을 알고 있는
그녀, 점점 부레옥잠을 닮아가고 있다

겨울 쥐똥나무

한 울타리 악착같이 지켜내려다가
발목 습관적으로 접질러
뿌리 헐렁해진 나는

겁먹은 표정에 댕그랗게 굴리는 눈
비만의 체구 고단한 한때가
재활병원으로 절룩거리며 들어가
긴 일화逸話를 내맡겼다

웅크린 알껍데기 뚫고
병아리 부리 삐죽삐죽 나오거나
더불어 겨울 견딘 길고양이, 새끼 몇 마리 달고
아파트 울타리 슬슬 넘어올
예감을 안 해 본 건 아니다

재바른 발로 총총 길 틔워 주던
봄바람 트레이너가
나긋나긋 휘어지라고
쥐똥나무 발목을 운동시킨다

수련睡蓮

왜 저수지 옆 식당이 붐빌까

남자도 여자도 꽃
그들이 흘리고 있는 '사랑해'라는 말
획이 부드러운 물이 받쳐 들고 있기 때문일까

글자의 어깨에 기댄 햇살이
한가롭게 떠다니기라도 한다면
메시지는 비밀을 지키자는 약속일 것

먼먼 날이어도 괜찮을 내 사랑
떠난 남자가 흘리고 간 손수건은
곧 사라질 예언을 눌러
수면 위는 일렁거리겠지

능소화

너무 거창한 빗소리들

이 난폭한 세계에서는
삶이 얼마나 하찮게 망가지고 있는가를
운명을 빌어 말하고 싶었다

다부지게 맞서지 못하는 심약한 마음이
어쩌면 내 결핍이
이파리 속에 나를 숨겨주었지

불안감으로부터도 자유롭고 싶을 때
창백하게 질린 볼 위로 말간 눈물이 흘러내릴 때까지
맨 밑바닥에서부터 가느다란 떨림이 일어날 때까지
목 다친 바보처럼 우는 거지

맥없이 떨리는 무릎을 가누고
비로소 왈칵 쏟아내는 눈물
뜨거웠다, 그 가파른 길

댕강댕강 내려오면서 식어가겠지

얻을 것도 간직할 것도 없는
이 허황한 울대가 뇌까리지
더 이상 헤맬 일도 없을 것이라고

겨울 플라타너스

거리 배회하는 내게 가로수는
느닷없이 반장님이라 호칭한다

대량생산에 값이 싸진 패딩코트
폭탄세일, 창고개방, 폐업정리
차별되지 않는 나는 어떤 문구를 달게 될까

툭툭 커다란 잎은 걷어차이고
물 빠지고 실밥 터진 옷을 입었어도
남들이 꾸고 버린 꿈을 보세의 문장으로 엮는다

해묵은 껍질 훌훌 벗는다

60억 분에 1의 여자가
보도블록에서 올려다보는 허공은
웃자란 가지에 닿은 고압전선처럼
불안하다

주검꽃

산비탈에서 말라죽은 오동나무
번거롭던 잎들을 치웠기 때문에
허공이 환해졌다
딱딱한 부리의 햇살이
말라가는 살결 속에 미세한 구멍을 뚫을 때
어두컴컴한 저녁 내내 흔들리던 몸통
그렇게 독방 하나 생겨났다
햇살은 자신의 빛깔 조금씩 떼 나누어 주었을까
그 마음이 고마워 우울을 딛고 한꺼번에
오종종 열기구들을 띄운 허공
더운 공기 가득 채우는 시간과
그 공기가 빠지는 시간은
불과 10일쯤이던 꽃의 역사 위에
움츠렸던 시간 내내 공들인 그대
예전의 사랑을 버섯으로 피웠다

한 방향으로 모아진 마음의 독성들
봉긋하다

하루살이

길 끝에서 만난 빈 거미줄
풍장으로 몸 내걸 공터가 된다
좁은 산길도, 정오의 햇살도
협곡의 폭포도, 기댄 바위도
5천만 년 전에 형성된 것
순식간에 사라지는 하루살이에겐
두터운 껍질의 시간도, 모두 생소하다

간결해야 할 종결어미
마지막 문장이 고민이다

장마 뒤

물 안의 왕버들
바람이 불 때 가장 먼저 흔들리더니
홍수 앞에서
납작 엎드리는 법을
누구에게 배운 걸까

진보를 떠나 길안을 지나온 나는
폭우든 땡볕이든
뿌리 내리고 산다는 것은
속수무책의 시간을 만나
스스로 일어나는 법을
저 왕버들에게 배운다

물길 지나고 나면
서서히 고개를 들고 일어설 나무

그의 몸속에는 이미
배수펌프가 작동 중이다

나비祭

칙칙한 기사가 지면에 오르내릴 때마다
색안경을 사 모으기 시작했다
어느새 서랍 속엔 수북이 쌓인 안경들
한동안 불안한 소식이 들리지 않아
꽃무늬 장판지 위에 하나둘 꺼내 놓는데
안경들은 여러 종류의 파닥이는 나비
크고 검은 환생의 날개도 보였다
탁하고 무지한 내 눈을 반쯤 가려주는 나비
이륙만을 고집하던 헬리콥터 닮은 나비
분가루 풀풀 날리는 불만의 암컷에게
겁 없이 뛰어들던 불나방이란 놈도 있었다
오늘의 내가 골라 쓰고 싶은 안경이란
미궁의 사건을 광활한 대륙으로 데려갈 나비였나!
불안한 지구의 징후가 궁금할 때
그때마다 사 모아두었던 안경들
어지러운 도수의 흰 나비를 콧날 위에 얹으면
아찔한 빙벽이 내 이마를 쿵쿵 친다
저 방 안의 나비들이 일제히 솟구친다면

서랍 같은 우울의 골짜기에도 봄꽃은 필까

능선의 터널 끝에서 만나던 환한 테두리

여러 종류의 나비 그늘이

무한질주의 꿈으로 퍼덕이고 있다

4

뼈의 힘

동굴

시를 쓰다가 뒤돌아보면
뚜렷한 몇 가지
끌이나 망치가 못 된
어리석음의 부스러기들

온 마음 사무치어
손끝에 모아 기울인 정성엔
바위를 뚫어새긴
손가락 글귀가 남았다

바뀌고 바뀌어도
마모나 풍화되지 않을
갈증 몇 모금
한 자리에 고이게
박쥐처럼 매달린 종유석 아래
내가 파둔 샘물

여우야식

습성의 여우가 몸 안에 살고 있다

어두워지면 기웃거리는 야식골목
통닭집 간판이 수상하다

들어갈까 말까 뜯을까 말까

발과 송곳니 사이 미로의 겨울밤은
안도의 출구를 찾고 싶다

간판이 바라보는 눈길은
망설이는 나를 혐오하고
닮은 종족이 없는 나는 혼자여서 쓸쓸하다

야성이 비워진 자리
칼로리로 채우고 싶다

꼬투리 평상

사각 평상에 둘러앉아
물살에 모서리 닳은 뗏목을 강물에 떠밀듯
뱃살 접힌 여자들 콩꼬투리 까고 있다

깐 콩은 대나무 그릇에 담으며
척추의 4번 5번 마디를 이야기하는 여자들
윗입술 달라붙은 인중 선은
굴곡 없는 밋밋한 생을 탓하기도 하지만
죽향 머금은 밥 앞에서는
군침의 샛강이 기웃대고 있었다

따갑던 가을볕에 제 스스로 옷 벗지 못한 꼬투리들
덜 여문 콩알을 가둔 몸이
불길의 향기로 부풀어 오를 때
대나무 그릇은 더 붉은 열정 보이겠지

콩알 떠나보낸 꼬투리의 눈빛들도
고단한 삶에 눌렸던 척추 뼈 같아서

밥알과 엉키면 그리워질 치유
파삭하게 익어간다

알알이 콩알 발라내던 여자들은
흐르는 강물은 치마로 덮어두어
내 오후 평상은 움찔움찔 늦은 생리통
풋콩의 살냄새 살짝 찍어 바르고
노을 구부리는 창법이라도 익혀야겠다

뼈의 힘

마른 나뭇잎 등뼈를 밟으면
바람에 잔뼈 무너지는 소리가 들려
가을 저물녘 오솔길에서
나는 마감된 한 생의 끝을 추측해요

목뼈에서 꼬리뼈까지 얼마나 많은 빗줄기가 흘러갔는지를
씨족마을 시량리 오촌 아재는 도박판에서 가산 탕진하고
한때 공장에서 우유병을 닦았다네요 명색이 가문 있는 집
장남인데 더는 이렇게 살 수 없다며 우유회사에 던진 사표
를 회사 대표가 받아 읽다가 써내려간 문장이 출중하여 반
려된 이후 회사의 간부가 되었다는 그런 숨겨진 뼈대의 힘
이 내게도 있을까요

버틸 때까지 버티다가
우찔끈! 내려앉는 저 잎들의 문장
내 살 속에 숨은
구부러진 등뼈의 강도를 느껴요

힘없는 내가 밟고 지나가도
뭉개짐 보이지 않으려 길 위에 뒹구는 잎들은
누군가가 읽어줄 어눌한 내 문장을
뼈의 힘으로 받아쓰고 있는 것 아니겠어요!

외출

매번 끼니처럼 드시는 알록달록한 알약
어머니, 좀 나눠주면 안 될까요

당신의 딸도 몸 가벼워지고 싶네요

오래 닫아두었던 옷장에서
호피무늬 머플러 꺼내 두르면
호랑이처럼 힘 솟나요

베고니아, 민들레, 팬지, 데이지
여직, 꽃 이름 기억하시나요
봄바람 딸들이 이끌면
외곽지 마당 넓은 식당에라도
사뿐사뿐 가실래요

떠 넣으시는 꽃비빔밥 꾸역꾸역
치매의 입이 너무 크게 벌려지네요
초점 없는 눈, 어디를 보시나요

꽃 치마 한땐 줄 아세요?

알약, 호피무늬 머플러, 꽃비빔밥
갱년기의 내게 물려주는 어머니
부처나비도 나풀거리게 하네요

시간의 바닥

오래전 폐업한 삼천포 횟집 수족관이 지금은 거미의 집이 되어 나를 가둔다. 한동안 도다리처럼 납작해져 있던 나는 갈증에 허덕이다가 햇살에 삭은 나일론 줄 뜰채에 걸려 파닥거린다. 온몸을 뒤집으며 튀어 올랐다가 내려앉을 때 눈발도 더러 보였는데, 내 엄지발가락은 자석처럼 눈송이 대신 도다리가 뱉어 낸 모래를 긁어모은다. 삶의 통증이라는 것에 대해 이렇듯, 쓸모없이 쓸쓸한 것임을 수족관 팽팽하던 유리에게 들려주는데 훅! 잡아채는 신경다발한 곳이 저릿하다. 청색 커튼으로 가려둔 내 안의 바다는 이제 녹물빛이다. 화가 이중섭의 은박지 위에서 가늘게 긁힌 순은의 시간이 거미줄 위 핏빛 하늘을 올려다보고 있다

광기

너 없어도 비 오는 담벼락에서는
난타亂打 공연이 한창이다

여기저기 창가에는 관람객 눈길

두들겨대는 비, 고갯짓 현란한 능소화
제대로 된 신명 한판이란
짓밟고 짓밟혀야 제격이지

마음에 굵은 쇠공을 매단 자가
한껏 폼 나는 자리에 있을 때 죽고 싶었을 자와
그 누구의 눈치도 보지 않은 채
슬픈 음악일수록 돋워내는 흥

꽃불 켜고 지나가는 경찰차도
즐거운 저 본능을 절대로 통제하지 않았고
창가 관람객이었던 나 또한
너 없이도 잘 돌아간 하루였다

백일 간 쑥과 놀다

보도블록 틈새 쑥이 써놓은 빼곡한 글자들
읽고 또 읽어보았다

아무한테나 욕설을 퍼붓거나
큰 소리로 울고 싶었던
백일 간의 내 병상일기 같았다

근육 무너져 삐끗한 발목, 수술까지 감당해낸
그래! 오십을 살았으니 신세 한탄은 당연하다

나는 쑥이 써놓은 글자를 훑어
온몸에 쑥물 들게 발라댔다

짧은 목 길게 빼고 윤기 없어 푸시시한 머리카락
이리저리 흔들어보는 내 진저리에
삐죽거리는 쑥의 입술

쑥대머리에 알밤을 먹이듯

땅바닥 그림자를 발로 문지르는
쥐 죽은 듯 참았던 눈물이
보도블록 귀퉁이에서 오글거렸다

언제부턴가 모든 화풀이를 글자로 풀어내는 내 버릇이
절름대는 발목으로 아파트 놀이터에나 겨우 쏘다니는
쑥스러운 말줄임표가 되고 말았으니

성질 괄괄하다 조용해진, 숙맥의 나는
이제 겨우 한 사람의 마음만이라도 제대로 읽을 줄 아는
자숙의 글쓰기 중이다

흑백사진

늦가을 울타리에
층층 내걸린 박주가리
시량리 마을 노인들 얼굴이다

이웃이란 이름으로 만나
쪼글쪼글 늙어버린 얼굴에서는
절대 신비주의일 수 없는
깊은 친밀감이 새겨져 있다

담벼락에 휘갈겨놓은
누군가의 일기장 마른 필체가
뜨겁게 사랑한 체취로 남아
달 가 닥 달 가 닥

몽상가의 얼굴 통점을 읽어내는
우르르 저 바람들

벚꽃사랑

　몇 년 전 벚꽃에게 홀린 병, 올해 핀 벚꽃에게 치료비 청구하려다 아뿔싸! 도로 가져다 바쳤다. 그래서 나는 봄 내내 울화병 깊어졌다. 내 사랑은 대상조차 묘연해졌다. 깊었던 만큼 외로움도 깊어졌다 말해야 하나. 사랑한다 함부로 쏟아낸 말 때문에 거뭇하게 몸통 더 그을렸다

붉은 얼룩

우아하게 랍스터를 먹었을 뿐인데
재킷에 붉은 얼룩이 생겼다

으깨지고 주물러졌던 한때도
오래된 친구처럼 신비롭지 않아
1999에서 2016까지 섞였으니
쉽게 지워지지는 않을 랍스터의 익은 살색

네 색깔이 확실하다는 것은
그만큼 내 식성이 강했다는 증거여서
너는 얼룩이 아니라
나와 오래 사귄 꽃무늬라고
나는 자꾸
습관적으로 믿는다

사이다

방울방울 가벼워졌으면 좋겠어

유리병 중심에서 막 들끓었던 둥근 것들을
균열 진 심연에 쏟아붓는다

오랫동안 뿌리 내려있었거나
새로 뿌리 내릴 포자들은
어둡고 습한 곳에서만 자라나는
버섯들이어야 하리

울컥, 솟구치다가 고요히 가라앉는
꿀꺽꿀꺽 목구멍은 자양분을 삼켰으므로
묵직하고 서늘하고 몽롱하게
뒤섞이다가
몸 안 갇혀있던 내 언어와
한 겹 한 겹 겹쳐진다

위험한 화병

　엄마 돌아가시고 나서 우리 남매들, 우애가 깊은 줄 알았는데 오랜 장마 뒤 습기 찬 문종이 같다는 걸 알았다. 본심을 둘러싼 입장 찾기들, 둘러친 커튼 같던 남매들이 보이지 않는 건 펄럭거릴 바이러스 예감에 서둘러 거리 두기에 들어갔기 때문이다. 시든 꽃을 버린 병에 새 꽃 갈아 꽂듯, 각자의 집 화목이라는 가훈이 바뀌었을지도 모른다. 바닥에 실금 간 화병에서 새어 나온 물에 식탁이 흥건하다

풀린다는 것

오래 움츠리고 있어, 명치가 불룩하던 실뭉치
풀릴 실 한 가닥 현관문에 물린 채
아파트 아래층 계단으로 굴린다

등뼈 둥글어진 어머니의 뱃속에서는, 오래 머문 것들이
슬슬 빠져나가는 소리 계단에겐 들렸으리라

마실 온 여자를 잠시 그 자리에 앉혀둔 채 일어서는 딸들을
어머니는 홀가분한 여행자의 눈빛으로 바라본다

딸랑 지갑 하나에 의지했어도 빵빵하게 쌓인 것들
조금은 홀쭉해질 때까지 굴러가는 실뭉치
달, 별, 은하 너머 블랙홀, 화이트홀
쉰을 넘긴 발치엔 내내 외롭고 목마른 것들이 너무 많다

끝을 향해 달려가던 실뭉치는
결국 홀쭉함 끝에 너풀거림을 매단다

얼마만큼 더 위태로워지면 다시 감겨질까

호박

꾹! 담장을 밟아버림으로써 아픔이던 마디는
둥글어졌다

딸이, 노년의 엄마와 한 시점이 포개지는 것이지

넝쿨이 때가 되어 시들시들해지는 것은
한순간 일방적으로 길을 놓은 하반신 불구의 엄마여서지

어두운 꽃방에서는 모든 것이 낯설고 비밀스러웠어
등판을 내놓았으나 구름은 늘 그냥 지나쳤지
어둠이 내려와 한참을 앉았다 가는 방
그 누구에게도 사랑받을 공간이 아니었어

눅눅한 방에 엉거주춤 앉아
나름 내공을 둥글게 여물리는 곳이라고
나는 꽃의 말부터 대변하기 시작했고
그러다가 점점 엉덩이만 미련스러워졌다

한때의 보석도 누군가의 곁에 오래 머무르면
추하게 된다는 걸 깨달으며 아픔을 견딘 대가가
고작

둥근 내공 몸 안에서 수천의 봄을 가두고도
엉엉 우는 것이라니

꽃

수염 다친 벌이든
날개 찢긴 나비든, 누구든
낡음이 누추하지 않은 듯
먹고 취하다 다시 아늑해진다면
거긴 어머니의 집이다
어머니 냄새 밴 옷가지
그 오랜 평온이 펄럭펄럭
병실을 들락거리는 사이
집은 조금씩 무너지고 있다
병실을 얼마든지 더 들락거린다 해도
낡은 집이 들려주는
닳은 이야기

좀 더 오래 두고두고
들을 수 있으면
좋겠다

사물기호증

절대복종의 자세를 취하는 나뭇잎들을 본다

애걸하는 자식에게 똘똘 거머쥐고도
결코 풀지 않던 노인의 손아귀가
불어오는 가을바람에 맥없이 풀린다

'광명아파트 잘 있더냐?'

내 안부보다 먼저 병상의 어머니가 던진 말에
순응에 길들여진 나의 대답은
'잘 있으니까 얼른 회복해서 돌아가요'였다

그런 기다림 속으로 불어온 바람에
아파트를 기대다가 놓치고
침대 등받이에 기대다가 놓치고
창턱에 기대다가 놓치고

기어이 아무것도 손에 쥔 것 없이
스르르 떠나는 어머니

오동나무 변명

　빗소리가 내 넓은 상체를 건드려 열두 줄 가야금 소리인 양 잘잘한 잎사귀 키 작은 나무들은 단잠이다. 어깨를 만지며 떨어지는 오동잎 내게 무슨 말이라도 걸어오려는지. 세운 귀 열었더니, 허기 충족시키기 위해 먹는 음식 차근차근 음미하지 못하는 습관을 고치라 한다. 허리선 넓게 낀 지방질 좀 보라고 설익은 삼층밥 같다며 단단히 박힌 상처를 건드린다. 아물다가 덧나다가 어느새 나는 퉁퉁 불은 면발이 되어 있었던 것. 듬성한 나이테는 나를 굴리는 힘이라고 변명하는데, 허리둘레로 살 오르는 소리 후두둑 들린다, 파릇한 잎 피워내던 멍든 수피 가지 끝, 긴 겨울밤 달그락거리는 열매 매단 허기를 어쩌란 말이냐

나그네

낙뢰落雷가 지나간 가지 끝
아름드리나무의 허공은
씹던 풍선껌처럼
내 엄지와 약지 지문의 그늘을
당긴다

길에 지쳐 몸 뜨거워진
길가의 나무였던 나는
한꺼풀 벗어던지기 위해
우는 매미의 꿈을
들려주고 싶었다

어른거리는 잎의 혼란을 먹고 자란
가장 깊은 겨드랑이를 들어 올려
하늘의 구름 건반을 짚으면
손끝이 귀에게 전하는 파장은
아리다

먼 길에서 나무는
급선회하기도 한다

슬픔의 중심

다호댁^은
밑단 뜯긴 몸뻬를 입고
논둑의 풀을 깎자
처음 와본 길인 듯 깜짝!
놀라는 달빛

그녀가 박음질했던 시간에는
피어 있다, 망초꽃

다호댁 몸뻬의 안감은
건조한 무늬
어제는 꽃이었다가
오늘은 들풀이었다가
몸의 중심을 관통하는
달

각각의 조각들
물 마른 뙈기논은 뒤집히다가
다호댁 낫날에 뜬
달에
한 번 더 베이고 말았다

까치밥 여자

먼 불빛 하나
뒤척뒤척 품어 보지만
잠 속으로 데려오지 못했다

시골에서의 밤도
이유 없이 막막했다

분간할 수 없는 것들은
흔들림조차 두려웠다

걷잡을 수 없이 번지는 바이러스가 그러하듯
모든 일에는 다
무엇인가 꼭
흔적을 남기기 마련이다

어머니, 아버지 다 잃은 뒤
순식간에 혼자 남아
또 앓는 여자의 일기장

살 붙임 되어 거듭되는 전설 속
변이의 종들

초상화 주문하기

달리*의 녹아내린 시계를 보면 내 얼굴 같다

초상화 그리는 거리의 화가
연필과 지우개로 밥 먹고 사는 그에게
시간이 지워진 얼굴을 그려 달라고 주문한다

초상화가 전문이라는 그는 큰 바위에 이끼가 문제라고
성숙하지 못한 뿌리가 깊이 박혀있다고
여러 겹 주름을 지우개로 박박 문지른다

오십 년 구석구석 갈겨놓은 일기장이
그의 지우개 끝에서 갈팡질팡
목적지 잃은 철새로 날아서
흐르지 못한 눈물 화석이 어룽어룽
새들의 발톱이 머리카락을 쥐어뜯는다

틈 너무 든 세월에선 연신 빗살무늬가 그어지고
눈초리 입꼬리는 연신 기웃뚱

그려지는 내 초상화를 들여다보기 위해
주위에 모여드는 사람 중 몇은
광대뼈도 검버섯도 지우라 한다

귀를 가린 손도 지우라 한다
허기진 새의 발걸음 소리인 듯
거꾸로 째깍거리는 시침과 분침 사이에서
끝끝내 빙그레 안도의 웃음은
흘러나오지 않았다

*초현실주의 대표적인 화가

집착

지하철이 끊길 즘에도 거미줄에 걸린 내 모습을 보죠

여태껏 하늘 귀퉁이 기대어서
발달하지 못한 젖꼭지 가진 내가
아직 송곳니 돋지 않은 그댈 기다리네요

노란 눈물 찔끔거리면서 애기똥풀 외로움을 내다 걸곤 하죠

아기집 푹 꺼지는 쉰 살에도
매일 돌멩이 위로 발 올리는 건
지하철 검은 창에서도 비춰지지 않는
쓴맛 못 견디는 당신을 알기 때문이죠

가시계단 탱자나무 사이에서 내게 손짓 보내오던 당신을
나는 마지막 지하철 안에서 만나고 싶었던 거죠

타르 같은 모순이 쩍 달라붙는 횡단보도를 급히 건너서
그렇게 당신에게 다가가기 위해

지상에 첫발을 내딛을 때
흐려질 대로 흐려진 달이 당신인가요

꺼지지 않고 부풀기만 하는
내 사랑 당신

우전의 맛

피 맺혔다 잘려나간 엄마의 그 손톱을
우전을 우리다가 보았다

오래 입 꾹 다물고
단단한 뿌리까지 비틀려진 손톱
허공으로 튕겨나가서
콕콕 새 부리 건드리는 환상을 물고
내 머릿속으로 들어와
종기 속 같은 두통 이마를 꾹 꾸욱 누르고 있다

끓는 물 받아놓은 그릇에서
잎이 움켜쥐려 했던 하늘 한 귀퉁이가
아픔 부풀리는 까닭은
피멍 들도록 어머니 따 모은 잎을
나 한순간 후루루 마시려 했기 때문일까

골똘히 음미하는 허공의 향香에서
어머니 손끝을 올려다보던
여린 싹의 두렵던 눈빛이
쌉쌀하다

활달한 상상력과 내면풍경

이 태 수 | 시인

i) 권분자 시인의 시는 발상과 상상력이 활달하고 진폭이 큰 서사적敍事的 서정을 특유의 분방하고 걸쭉한 언어로 펼쳐낸다. 작은 사물을 자연과 우주로 확대해서 바라보거나 거대한 우주와 자연을 축소해서 들여다보면서 거시적 시각과 미시적 시각이 교차되고 동시에 구사되는 시 세계를 다양한 결과 빛깔들로 떠올린다. 대상에 감정을 이입하고 투사해 시적 묘미가 증폭되는 활유법活喩法을 다채롭게 끌어들이는가 하면, 사람을 사물화事物化하는 등 비약과 환상을 통해 내면풍경內面風景을 표출하는 점도 뚜렷한 개성이다.

시인은 일상에서 마주치는 에토스와 파토스, 상실감과 트라우마, 소통부재와 단절감을 감내하고 희화화戲畫化하기도 하지만, 자숙自肅과 자성自省의 길을 더듬어 나선다. 또한 생성과 소멸의 순리에 순응할 수밖에 없는 무상

감無常感에 젖으면서도 더불어 살아가는 사람들을 향한 공동체의식과 짙은 연민憐憫의 휴머니티를 발산한다. 나아가 비루한 현실 너머의 더 나은 삶을 꿈꾸고 갈망하며, 그런 삶과 시를 하나로 아우르려는 열망을 은밀하게 보듬어 안는다.

ii) 시인은 빈번히 사물을 의인화擬人化하거나 사람을 사물화하면서 특유의 입담으로 삶의 다양한 모습을 떠올린다. 이 같은 시적 특성은 생각이 많으며 하고 싶은 말이 많은 시인의 성격과 언어를 분방하고 걸쭉하게 구사하는 체질에 연유하는 것으로 보인다.

시인은 생각이 많아 많은 말을 하고, 맞은편의 사람은 그 "생각의 틈에 앉"거나 "허공을 가만히 응시"하는 "침착한 여백餘白"(「성격 차이」)이 되게 한다. 하지만 시인에겐 상대적으로 화자와 성격이 아주 다른 사람이 "곁에 두고도 없는 듯"이 "조용히 기다리게 만드는 힘"(같은 시)이 되어 준다고도 한다. 「성격 차이」는 시인이 스스로 자신과 타인의 성격을 부각시키며 쓴 시로 읽힌다.

이 시에서 '나'와 '그'는 화자(시인)와 청자(독자) 사이일 수 있다는 시사示唆로도 보이게 하듯이, 맞은편에 앉아 시인의 말에 귀를 가져가고 침착하게 눈을 떠보는 자세로 들리고 보이는 말의 뜻과 모습을 더듬어볼 수밖에 없을 것 같다. 아무튼 시인의 언어행진은 그야말로 분방하고 거침이 없다.

늘

오는 년 안 막고
가는 년 안 잡았다

그리고

시폰 치마 걸치는 날이면
날개옷 걸친 양 사뿐사뿐 가벼웠고
호피무늬 옷 걸치는 날이면
호랑이처럼 힘 불끈 솟아

누군가와도 시시비비 가려보려는

은근슬쩍 나도 알고 보면
골격 있는
가문의 딸년

　—「한정식집 옷걸이」

　이 시집의 맨 앞에 배치된 이 시는 시인의 시적 특성을 집약해서 보여주는 느낌이다. 사물에 감정이 이입되고 투사되며, 요즘 세간에 쓰이는 시쳇말도 가감 없이 끌어들여진다. 식당의 옷걸이를 의인화해 인격을 부여함으로써 옷걸이는 분위기에 민감한 생명체生命體로 둔갑한다. 그 몸체에 걸쳐지는 대상에 따라 감정이 가벼워지고 힘이 불끈 솟아나기도 하며, 시시비비是是非非를 가릴 줄 아는 존재로도 그려져 있다. 옷걸이는 상대를 선별적으로 받아들일 수 없는 형편에 놓여 있지만, 그렇다고 만만한 존재는 아니라는 역설力說도 내비쳐져 있다.

누가 옷을 걸어도 막지 않고 걷어가도 잡지 않는다는 표현은 오고 가는 여성(사람)과 해가 바뀌는 세월의 흐름에 빗대 "오는 년 안 막고 / 가는 년 안 잡았다"는 시쳇말을 그대로 끌어들인다든가, 그 옷걸이를 "골격 있는 / 가문의 딸년"이라고 "은근슬쩍" 격상시켜 놓는 눙치기 말솜씨도 예사롭지 않아 보인다. '시폰 치마'와 '날개옷', '호피무늬 옷'과 '호랑이'를 짝지어 감정의 움직임을 감각적으로 묘사하는 발상 역시 그렇다.

시 「냄비의 안쪽」과 「폐타이어 곁에서」는 「한정식집 옷걸이」와 거의 같은 맥락으로 읽을 수 있는 시다. 서른다섯 해 전 신혼 때 혼수로 가져온 낡은 통주물 냄비와 오래 달린 자동차 바퀴에서 닳을 대로 닳아 방치된 폐타이어에 인격을 부여해 연민의 시선으로 들여다보는 이들 시에도 시인 특유의 상상력과 언어감각으로 빚은 서사적 서정이 두드러진다.

혼수로 가져온 통주물 냄비
비어있는 안쪽을 가만히 들여다보는데
없는 길 만들겠다고
부지런히 오고 간 발자국의 흔적
수없이 긁히거나 눌려 있다

〈중략〉

둥글 넙적한 풍채로
짠맛, 매운맛, 시큼한 맛에 기름까지 두르고
혹독하고 잔인하게 올리던 열기에
곳곳이 튼살이다

　　―「냄비의 안쪽」 부분

　인용한 구절들에서 읽게 되듯, 냄비의 안쪽을 들여다보
는 시선과 그 마음눈이 따뜻하고 인간적이다. 여기서의 낡
은 냄비는 둥글 넙적한 풍채의 포용력이 각별한 인격체人
格體로 그려진다. 오랜 세월 동안 그런 포용력으로 감내해
온 흔적은 긁히고 눌린 자국과 튼살 투성이다. 더구나 그
흔적들은 "없는 길 만들겠다고 / 부지런히 오고 간 발자
국"들과 "짠맛, 매운맛, 시큼한 맛에 기름", 혹독하고 잔인
한 불길을 감내堪耐해온 헌신적 포용력의 자국들이며, 이
기발한 묘사는 냄비의 안쪽을 그렇게 읽고 떠올리는 내면

풍경에 다름 아니라고 할 수도 있다.

　용도 폐기된 타이어를 목도하면서 "다친 발목 질질 끌고 참 먼 길 굴러왔구나"라는 연민을 끼얹으며 시작되는 「폐타이어 곁에서」는 낡아서 버려진 타이어는 "무릎이 물컹"하고 "늙은 여자의 가래 끓는 말투"를 떠올리게 하며, "칠흑 같은 외로움"을 이기고 "녹아내릴 사랑이 또 그리워지기"도 하는 인격체로, 감정이 생생하게 살아있는 사람처럼 그려지고 있다. 그래서 시인은 폐타이어의 방치를

> 강아지풀 명아주 억새 품는 이곳에서
> 내 슬픔도 함께 오래 묵혀두고 싶다
> 먼 훗날 지나던 누군가가
> 털썩 나를 깔고 앉으면
> 탱탱한 풀향기로 와락 그대 무르팍
> 쓸어주리라
>
> 달려온 먼 길에 얼마나 심장은 고달팠느냐고
>
> 　―「폐타이어 곁에서」 부분

라고, 자신과 하나로 아우르며 바라본다. 이 대목은 폐타이어에 시인의 감정이 이입되고 투사돼 있을 뿐 아니라 시의 화자가 바로 폐타이어와 하나가 되는 데까지 나아가 있다. 다시 말을 바꾸면, 시인이 연민과 더불어 목도하는 폐

타이어가 되어 감정을 드러내 보인다고 할 수 있다.

한편 사물(대상)에 감정을 이입하는 것과는 달리 대상에 의해 촉발되는 감정을 화자 자신의 것으로 환치換置해서 드러내는 시도 더러 있다. 「외출」에서는 치매를 앓는 어머니를 향해 "베고니아, 민들레, 팬지, 데이지 / 여직, 꽃 이름 기억하시나요 / 봄바람 딸들이 이끌면 / 외곽지 마당 넓은 식당에라도 / 사뿐사뿐 가실래요"라고, 그 어머니에게 갖가지 봄꽃(봄바람 딸)들이 피면(이끌면) 집이 아닌 외곽지의 마당 넓은 식당으로 가볍게 봄나들이 가자고 권유한다. 하지만 기실은 어머니보다 화자 자신이 그 이상의 분위기를 타고 있다. 화자는 어머니를 향해

오래 닫아두었던 옷장에서
호피무늬 머플러 꺼내 두르면
호랑이처럼 힘 솟나요

　―「외출」 부분

라고, 오랜만에 '호피무늬 옷'도 아닌 '호피무늬 머플러'만 둘러도 호랑이처럼 힘이 솟아나느냐고 묻는다. 그러나 이같은 분위기 타기는 어머니만의 몫이라기보다 화자의 몫이기도 하다. 어머니가 상시 복용하는 알약과 외출해서 식당에서 떠먹이는 꽃비빔밥뿐 아니라 호피무늬 머플러까지

갱년기를 맞은 화자가 그런 DNA를 그대로 물려받았다고 여기며, 부처나비도 나풀거린다고 그 분위기를 더 띄워놓고 있기 때문이다.

iii) 시인의 발상이나 상상력은 진폭이 크고 자유분방하다. 미시적인가 싶으면 거시적이고 거시적인가 싶으면 미시적인 시각으로 옮아가게 마련이다. 왜소한 사물을 거대한 자연이나 우주로 확대해서 바라보는가 하면, 그와는 대조적으로 거대한 것을 왜소하게 축소해 미시적으로 들여다보기도 한다. 미시적인 시각과 거시적인 시각이 수시로 분방하게 변주變奏되는 발상과 상상력이 구사되는 셈이다.

> 꽃 지우는 석류나무 밑에 버려져
> 내장 꼬인 구름을 주르르 쏟는 곰인형
> 망설임을 주워 든 나는
> 정오 하늘을 여객기 꼬리에 매달린 구름 실밥으로
> 꿰매주기로 한다
>
> 〈중략〉
>
> 저 곰인형 뱃속에
> 구름 다시 구겨넣자
> 아랫배 출산의 흔적이 만져졌다
> ―「동면의 동굴」 부분

꽃이 지는 석류나무 아래 버려진 곰인형은 자연 속의 하잘것없는 사물(물건)에 지나지 않는다. 하지만 시인은 그 인형의 속(내장물)이 터져 나온 모습을 구름을 쏟아냈다고 보고 있으며, 그 뱃속을 다시 채워주는 걸 구름을 구겨 넣는 행위로 거시화巨視化해 놓는다. 나무 아래 버려진 곰인형을 주워온 걸 "망설임을 주워 든"이라는 단서를 붙이고 있긴 하지만, 하찮은 물건에 대해서도 지나쳐보지 않는 시인의 마음자리는 느껴지는 대목이다.

더구나 곰인형의 뱃속을 채워 봉합縫合하려는 것을 "정오의 하늘을 여객기 꼬리에 매달린 구름 실밥으로 / 꿰매주기로 한다"든가, 원형이 복원된 뒤엔 "아랫배 출산의 흔적이 만져졌다"고 비약적인 상상력을 보태놓는다. '곰인형=정오의 하늘'이라는 등식은 엄청난 비약이다. 여객기가 뿜어내는 가스를 '여객기 꼬리에 매달린 구름 실밥'으로, 속을 채운 곰인형(하늘)의 원형 복원의 마무리 봉합을 그 실밥으로 꿰맨다고 하는 표현도 마찬가지다.

시인은 이같이 거시적인 시각으로 비약적인 상상력을 구사하면서도 인형의 몸과 뱃속에 채워졌던 것을 아랫배에서 빠져나간 새 생명체로 보는 미시적인 시각과 인간적인 일로 되돌리는 발상은 역시 이 시인답고, 상상력의 진폭이 크고 분방한 점도 한가지다. 게다가 이 시에서는 곰인형이 인격을 부여받으면서 시인과 같이 기혼여성旣婚女性

으로 간주된다.

　그런가 하면, 유리 덮개에 갇힌 인형을 대상으로 한 「인형」에서는 "며칠째 불면인 내 머리맡에 / 유리 덮개의 시간에 갇힌 저 여자 / 실눈 뜨고 무수히 발길질한다"고 쓰고 있다. "정강이 찢긴 나를 기워주고 싶었는지 / 바늘쌈지 꺼내들고 다가온다"고도 「동면의 동굴」에서와는 정반대로 인형이 능동적인 행동을 하는 생명체로 그려 놓는다. 더구나 그 인형을 "발효하는 우주 속에 잠들어버린 나를 / 끊임없이 흔들어 깨우려 한다"고도 묘사한다.

　시인의 상상은 겨울의 상수리나무에 이르러서도 어김없이 비약적이고 거시적인 이미지를 빚는다. 「겨울 상수리나무」에서는 상수리나무는 어머니가 살던 아파트로 묘사되고, 그 "아파트 한 동을 통째로 벌레가 파먹었다"고도 보고 있다. 게다가

　　　　아파트를 내어 줄게 와서 살아봐!

　　　　내 어머니 살던 집에 들어와 사는 게 어떠냐고
　　　　산책길 따라오던 다람쥐에게 넌지시 물어보는데
　　　　설레설레 고개 흔들고 달아난다

　　　　달아나다 멈칫, 뒤돌아본다

　　　　내 권유가 있기 전에 다람쥐는 벌써

어머니 살던 아파트를 다녀왔다며
상수리나무 옹이 빠진 토굴 속으로 꼬리를 숨긴다

모처럼 건넨 따뜻한 권유가 민망해졌다

—「겨울 상수리나무」부분

고 토로한다. 가랑잎이 더러는 떨어지고 벌레들이 파먹은
상수리나무는 이미 다람쥐도 들락거린 '아파트'이며, 다람
쥐도 살고 싶어 하지 않은 겨울 속의 나무다. 그러나 다람
쥐는 "상수리나무 옹이 빠진 토굴 속으로 꼬리를 숨긴다"
면, 옹이 빠진 나무구멍(토굴)이 벌써 다람쥐의 보금자리
이므로 화자의 권유는 결국 민망해질 수밖에 없어진다. 어
머니를 상수리나무 수목장을 했는지, 산소山所의 상수리나
무를 두고 이런 묘사를 했는지는 알 수 없지만, 어쨌든 겨
울 상수리나무는 시인에게 비감을 안겨주는 대상으로 그
려지고 있음은 분명해 보인다.

"달의 모서리를 쿡 누르자 / 비릿한 물 냄새가 났다"로
시작되는 「달빛 씻기기」는 달마다 치르는 여성의 생리현
상을 하늘의 '달'과 연계시켜 거시적인 시각으로 그리고 있
다. 그 생리 치르기를 달빛을 씻어내는 행위로 묘사하면서
달에게 "너를 지우는 나를 원망 마라"고 하는가 하면, "새
벽 비가 다시 저녁 창틀에 닿으면 / 달의 방뇨는 거품을 일
으키며 떠내려간다"거나 "비는 흐늘거리는 속살을 핥으며

/ 피 맑아질 새벽까지 오롯이 달을 씻긴다"며 "달의 손짓 안쪽은 불면의 흑점"이라고도 한다. 또한 관능적官能的인 냄새가 물씬한 「밤마실」에서는 달이 이웃집 사람(남성)으로 묘사된다.

> 꽝꽝 언 달은
> 쓸쓸한 문을 노크하고 싶을 때가 있다
>
> 〈중략〉
>
> 101호 남자가 102호의 초인종을
> 고의적 실수인 듯 수시로 눌러
> 얼레에 감긴 타래실인 나는 달을 향해 굴러가지
>
> 모아 쥔 손 쿡쿡 두드린 곳에서
> 움츠린 자귀꽃을
> 애써 벌리려 드는 거였다
>
>   ―「밤마실」 부분

달밤의 마을 풍경을 떠올리는 이 시에서는 이웃집 남자가 "꽝꽝 언 달"이고, 화자는 "얼레에 감긴 타래실"이자 "움츠린 자귀꽃"이다. 이 같은 상황 설정은 이미 가까이 당겨 보려 해도 가까워질 수 없는 관계임을 암시한다. 기실 달은 꽝꽝 언 채 허공에 떠 있고 타래실은 실내에 있으며 자귀꽃나무도 베란다나 뜰에 있어서 그 거리는 멀 수밖에 없기 때문이다.

　하지만 이 시의 화자는 바로 이웃집 남자가 고의적故意的 실수로 대문의 초인종을 수시로 누르는 것으로, 그러면 타래실이 그 남자를 향해 풀려나가거나 "움츠린 자귀꽃을 / 애써 벌리려 드는" 것으로, 달밤의 겨울 마을 풍경을 관능적인 분위기로 묘사하고 있다. 여성은 남성을 기다리며 쓸쓸해하고, 허공의 달(남성)은 밤에 달빛을 비출 뿐 건드리면 움츠리는 자귀나무 잎(꽃잎)을 벌릴 수 없지 않은가. 시인은 그런 인간의 원초적原初的인 심리를 그려 보이려 했는지도 모른다.

　시인이 아파트 입구의 명제命題가 '사라진 욕망'인 "사과가 빠져나간 흔적을 음각陰刻한 조형물"을 보면서 우주감정으로 펴 보이는 「사라진 욕망」은 아파트단지가 "거미가 펼쳐놓은 수직 그물의 집"이며 "문이 보이지 않는 칸칸의 방마다 130억 년 전에 출발한 별빛이 / 문고리에 닿으려는 순간"을 거시적인 시각으로 표현한다.

　　이때, 거미 몸은 케플러22b 행성
　　600년 후쯤에야 만날 사랑에
　　빈방의 칸칸을 숨어서 지켜보는 거였다

　　〈중략〉

누가 수시로 여닫아 주지 않을 때
몸에 달아놓은 수많은 손잡이들은 얼마나 쓸쓸할까

아파트 입구에 세워둔 조형물
사과 빠져나간 욕망의 빈자리가 그러하듯
거미인 나의 눈은 점점 움푹해질 것이다

　―「사라진 욕망」 부분

　이 시에서 화자는 "거미가 펼쳐놓은 수직 그물의 집"의
거미가 된다. 이 대규모의 아파트는 수많은 사람들이 살고
있지만 누가 살고 있는지 알 수 없는 행성行星과 같으며 빈
방과도 같은 존재다. 그래서 화자는 그 빈방의 칸칸을 숨
어서 지켜보는 거미가 되며, 그 거미의 눈은 마치 사과가
빠져나간 흔적을 음각으로 새긴 조형물처럼 움푹해지고,
욕망의 빈자리처럼 점점 움푹해질 수밖에 없을 것이라는
생각을 하는 것일까. 일련의 시에서 산견散見되듯, 시인에
게는 어떤 정신적 트라우마와 지워지지 않는 상실감이 따
라다니고 있는지도 모른다.

　iv) 시인은 일상에서 마주치는 삶의 어둠과 그늘들에 대해
서도 특유의 상상력과 은유적 어법으로 떠올려 보인다. 일
상마저 잃어버린 코로나 팬데믹 시대를 살아가면서는 "어둠

에 휩싸여 오갈 데 없는 내게 / 거리의 안개가 따라"(「코로나
19 안개주의보」)온다는 악몽惡夢에 시달려야 하고, "기대였
다가 공포였다가 불안할 게 빤하다고 / 서성대며 찍는 과잉
관심의 발자국들"(「코로나19 헛꿈들」)에서도 자유로울 수
없다. 그러잖아도 시인에게 생활의 현장은 어두운 골목과
원시시대의 알타미라 동굴에 비유되기도 한다.

> 골목길은 캄캄한 자물쇠 구멍이다
>
> 〈중략〉
>
> 내가 가진 것은 현관문 열쇠와 달 방 열쇠뿐
> 골목에선 어떤 만남의 기적도 일어나지 않았다
>
> 짧은 순간 어두운 골목으로 발을 밀어 넣지만
> 철커덕 열리지 않는 마을은 동굴 감옥처럼 어둡다
>
> 자물쇠 구멍에 뜬 달을 만지기 위해
> 손끝에 모은 감각으로 자물쇠를 열려 하지만
> 이미 나는 좌우조차 잊었다
>
> ─「알타미라」 부분

　시인은 일상적으로 드나드는 골목길을 "캄캄한 자물쇠
구멍"이라고 표현(비유)할 정도다. 더구나 그 골목은 아무

와도 만날 수 없는 단절의 공간이며, 자신만의 공간도 현관문을 열고 들어갈 "달 방"뿐이다. 골목으로 들어서려 해도 닫힌 마을은 어두운 "동굴 감옥" 같으며, 골목길(자물쇠 구멍)에 뜬 달과도 단절돼 열쇠를 돌릴 감각조차 잊어버렸다. 일상의 마을이 까마득한 옛날의 캄캄한 동굴 같기 때문이다. 극단적으로 말하면 악성 바이러스에 감염돼 격리된 상태와도 다르지 않다. 이 때문에 스스로를 향해서도

> 밖의 여자와 안쪽 여자의 소통을 위해
> 부지런히 귓속말 마우스를 움직이자
> 높은 벽 허공을 더듬는 나팔꽃이 먼저 핀 순서대로
>
> 툭
> 툭
> 떨어져 그녀 팔뚝 혈관을 덮어주고 있다
>
> ―「나팔꽃 화장」 부분

라고 토로한다. 소통부재를 벗어나기 위해 귓속말 마우스를 움직이지만 단절의 허공을 더듬는 나팔꽃이 피었던 차례로 떨어져 자신의 팔뚝 혈관을 덮을 뿐이다. 지독한 영어圖圈의 세월과 다를 바 없다. 이 같은 단절감은 고작 SNS를 통해 "〈기다리다가 간다〉〈다녀간다〉 / 삐뚤삐뚤 써놓은 갖가지 암호"(「나무의 두 얼굴」)와도 무관하지 않아 보

인다.

이 같은 소통부재와 단절감은 「밑도 끝도 없이」에서 "그 어떤 사물보다도 낮은 공간에 웅크리다 보면 / 닫힌 바닥에, 더 이상 이어지지 않는 지점이 있어 / 놀라게 되더라고요"라거나 "가끔 앞뒤 연관 관계가 없어 갈피 못 잡을 말이라 해도 / 퉁치고 알아들어야 하나 봐요"라는 부부 사이에도 거의 마찬가지다.

시인은 더불어 살아가는 사람들을 향해서는 인간애와 연민을 보내고, 삶의 비애를 희화화하기도 한다. 음습한 못 둑에서 자라는 말밤에 공동체의식과 연민을 끼얹는 「말밤 여자」와 좌판에 쑥을 쌓아놓고 파는 옛 지기에 대한 이야기를 시화詩化한 「쑥」은 전자의 경우이며, 오십대 동창회 풍경을 그린 「접붙이기」와 고상한 척 그렇지도 않은 여자를 묘사한 「나팔꽃」은 후자의 범주範疇에 드는 시다.

먼 길 걸어온 고단한 여자가
못 둑에 앉아 물결에 편지를 쓴다

〈중략〉

혼자 사는지
울타리 철조망엔 접근금지 팻말을 내다 걸지만
별들에게 쓰는 그녀의 편지에는

검게 여문 물결무늬만 가득했다

　　―「말밤 여자」 부분

일월산 총각도사집 간판 아래
햇쑥으로 탑을 쌓은 좌판은
몸뻬바지 그녀를 쭈그려 앉혀 두었다

삼십여 년 전 친구가 거기 있었다

한때는 별이 될 수 있을 것 같았고
지구의 불빛이 될 수 있을 것 같았다고
매연 뒤집어쓴 도로에서
그녀가 들려주는 점괘는 쑥 냄새다

　　―「쑥」 부분

　「말밤 여자」는 말밤을 여성으로 의인화해 오랜 세월 고
단하게 못 둑에 살아오면서 정절貞節을 지키기 위해 외부
와는 단절하지만 검게 여문 물결무늬 편지를 못의 물결에
써서 별들에게 띄우는 모습으로 미화하고 있다. 말밤 같은
여자에 대한 공동체의식과 애틋한 연민의 발로가 아닐 수
없다. 「쑥」은 산골의 미혼남자 점집 앞 노점에 햇쑥을 수
북이 쌓아놓고 파는 옛 친구를 만나 지난날의 꿈을 반추
하며 비루한 현실을 성찰한다. "별"과 "지구의 불빛"은 가

능성으로 열려 있던 옛 꿈의 공간이며 "매연 뒤집어쓴 도로"는 현실의 공간이다. 점집 앞에서 먼 지난날의 점괘를 되짚으며 옛 친구에게 보내는 시인의 연민 어린 마음자리를 읽게 한다.

> 백세를 절반으로 꺾은 동창생들
> 다들 이모작 이야기다
>
> 〈중략〉
>
> 나이보다 더 깊은 주름
> 보톡스 주사로 애써 지워낸 흔적에도
> 말할 때마다 비틀리는 얼굴은
> 현실이 녹록하지 않다는 증거다
>
> 마무리는
> 감씨 심은 자리에 떡하니 솟는 고욤나무
> 강인한 자식 자랑이다
>
> ─「접붙이기」 부분

오십대에 참가한 동창회에서의 풍경을 묘사한 이 시는 어쩔 수 없이 나이가 든 중년여성의 비애를 희화화하고 있다. 가버린 젊음을 다시 찾을 수 없는 안간힘도 부질없으며, 삶의 이모작二毛作은 자식에 대한 기대로 귀결歸結될 수밖에 없다. 감나무와 고욤나무의 대비를 통해 자식에 대한 기대도 자랑 같지 않을 수 있다고 보는 것 같다.

고상해 보이려 하는 그 이면裏面을 "혼자 고상한 척하는 여자 한 걸음씩 따라가 보면 / 나팔꽃 징검돌처럼 피더라"(「나팔꽃」)라고 비아냥거리는 것도 거의 같은 뉘앙스로 읽힌다. 하지만 "얼굴에 화장 짙게 바른 나는 / 꽃피우러 가는 여자에게 빙긋 웃음 건네고 / 점점이 혼자 찍어보는 나팔꽃 발자국"이라는 대목이 그렇듯이 그 화살이 자신에게로 돌려지기도 한다. 그러나 "푸른 멍의 중심이 환하다"는 순응의 자세로 귀결된다.

「똥파리」는 앞의 두 시는 달리 "이런 모임 저런 모임 / 사람 향기에 이끌리다가 / 벨벳 드레스 저 여자 / 자정 넘어서야 집으로" 들지만 "남발한 카드 탓에 / 핀잔주는 남편 앞에서 납작"해져 "두 손 싹싹 비비"고 "늦여름 방 안 유리창에 / 자꾸 곤두박질"하면서 "더럽다며 신세타령"하는 여자(화자일 수도 있다)의 비루한 현실을 '똥파리'에 비유해 희화화하고 있다.

v) 생성과 소멸은 자연의 이치理致이며 순리다. 생명의 절정絶頂인 꽃은 오래 참고 기다려야 피어나지만 시들고 질 수밖에 없다. 삶에 집착할수록 아픔과 비애가 커지는 것도 그 때문이다. 시인은 "흐려질 대로 흐려진 달이 당신

인가요 // 꺼지지 않고 부풀기만 하는 / 내 사랑 당신"(「집
착」)이라고 결코 거리가 좁혀질 수 없는 하늘의 달(당신)
을 동경한다. 그 심경을 "가시계단 탱자나무 사이에서 내
게 손짓 보내오던 당신을 / 나는 마지막 지하철 안에서 만
나고 싶었던 거죠"(같은 시)라고도 한다.

「까치밥 여자」에서는 현실적인 삶을 "어머니, 아버지 다
잃은 뒤 / 순식간에 혼자 남아 / 또 앓는 여자의 일기장"이
라고 토로하며, 자신의 삶을 감나무 가지에 마지막으로 매
달아둔 까치밥에 비유하며, 어머니와의 이별을 통해서는
결국 빈손으로 떠나야 하는 사람살이의 운명을 애틋한 마
음으로 목도한다.

> 절대복종의 자세를 취하는 나뭇잎들을 본다
>
> 애걸하는 자식에게 똘똘 거머쥐고도
> 결코 풀지 않던 노인의 손아귀가
> 불어오는 가을바람에 맥없이 풀린다
>
> 〈중략〉
>
> 기어이 아무것도 손에 쥔 것 없이
> 스르르 떠나는 어머니
>
> ―「사물기호증」 부분

자식의 손아귀를 굳게 쥐고 세상을 떠나는 어머니의 모습을 "절대복종을 자세를 취하는 나뭇잎"으로 바라보는 건 사람의 운명도 피었다가 져야 하는 자연의 이치와 순리를 거역할 수 없는 나뭇잎과 같다는 인식 때문일 것이다. 하지만 어머니가 가을바람에 스르르 맥없이 지는 나뭇잎같이 "아무것도 손에 쥔 것 없이" 떠나는 모습을 지켜보는 심정이 어떠했겠는가. 그 여운이 절절하고 애틋하다.

> 관음사 지장전 뜰
> 능소화가 비에 젖고 있다
>
> 가야금 선율 따라 활짝 피던 그녀가
> 팽팽한 몸 구석구석 높은 음을 내던 그녀가
> 그만 툭
> 줄 끊어진 가야금이 되었다
>
> ─「능소화, 비에 젖다」 부분

역시 생성과 소멸에 착안해 빗물에 젖으며 지는 능소화를 그리는 이 시는 그 꽃이 가야금 선율을 따라 만개했을 때는 스스로도 높은 음을 냈으며, 져서는 "줄 끊어진 가야금이 되었다"고 보는 표현이 안타까움을 동반하지만 아름다운 상상력이 돋보인다. 시인은 삶의 비애와 무상을 연꽃이나 부레옥잠에 비기며 스스로를 달래기도 한다. 「수련睡

蓮」에서 "먼먼 날이어도 괜찮을 내 사랑 / 떠난 남자가 흘리고 간 손수건은 / 곧 사라질 예언을 눌러 / 수면 위는 일렁거리겠지"라는 표현이 그렇고,

그녀, 가끔 별무늬 박힌 요트에 누워
스스로를 물 건너로 떠미는 습관에는
멀리 켜진 가로등이 일렁일렁 수면 위에 내려놓는
꼬리에 꼬리를 무는 시장기다

노상에서도 달콤하게 잠 청하는 법을 알고 있는
그녀, 점점 부레옥잠을 닮아가고 있다

　―「부레옥잠」 부분

라고. 물 위에 떠서 피는 부레옥잠에 마음을 포개놓는 경우도 그렇다. 자신(그녀)이 현실이라는 노상에서도 "달콤하게 잠 청하는 법"을 터득해 부레옥잠의 생리를 닮아가고 있기 때문이다. 스스로 아픔을 달랠 뿐 아니라 위안에 눈뜨는 경우로는 "흐릿해진 전구를 누가 갈아주는지 / 늘 환해서 좋은 창밖 / 등은 이제야 꽃이다"(「꽃 대신 등燈」)라는 구절이나

따끔따끔한 눈동자 안으로 흘려 넣는
인공눈물 질펀하게

흐렸던 시간들 이젠 밀어내야겠다

　　타래진 시간을 적시는 비
　　딸이 쥔 방금 씻어낸 세상
　　최신형 휴대폰 화질 속에서 출력되는
　　햇살이 환하다

　　　─「비쥬 라식」부분

라는 대목에서도 읽게 된다. 안구건조증眼球乾燥症에 인공
눈물을 투입했을 때와 최신형 휴대전화기의 선명한 화질
에 이르러 "햇살이 환하다"고 느끼는 마음이 그렇게 보이
게 한다. 나아가 「장마 뒤」에서 왕버들이 바람 불면 흔들
리고 홍수 앞에서는 납작 엎드리는 법을 "누구에게 배운
걸까"라며 "속수무책의 시간을 만나 / 스스로 일어나는 법
을 / 저 왕버들에게 배운다"고 삶의 방법도 깨닫는다.

　시를 쓴다는 건 더 나은 삶을 향한 꿈꾸기다. 게다가 시
를 쓰면서 그런 삶을 내면으로 끌어들이는 길을 찾기도 한
다. "시를 쓰다가 뒤돌아보면 / 뚜렷한 몇 가지 / 끌이나
망치가 못 된 / 어리석음의 부스러기들"이 보이지만 "바뀌
고 바뀌어도 / 마모나 풍화되지 않을 / 갈증 몇 모금 / 한
자리에 고이게 / 박쥐처럼 매달린 종유석 아래 / 내가 파둔
샘물"(「동굴」)이라는 대목은 그런 깨달음을 시사한다.

　시와 삶이 하나라는 관점에서 본다면, 삶의 마무리에 대

해 시법에 빗대 표현한 "간결해야 할 종결어미 / 마지막 문장이 고민이다"(「하루살이」)라는 구절도 예사로 보이지 않는다. 시인은 자신의 시 쓰기에 대해서도 다음과 같이 언급하고 있다.

언제부턴가 모든 화풀이를 글자로 풀어내는 내 버릇이
절름대는 발목으로 아파트 놀이터에나 겨우 쏘다니는
쑥스러운 말줄임표가 되고 말았으니

성질 괄괄하다 조용해진, 숙맥의 나는
이제 겨우 한 사람의 마음만이라도 제대로 읽을 줄 아는
자숙의 글쓰기 중이다

　　—「백일 간 쑥과 놀다」 부분

울컥, 솟구치다가 고요히 가라앉는
꿀꺽꿀꺽 목구멍은 자양분을 삼켰으므로
묵직하고 서늘하고 몽롱하게
뒤섞이다가
몸 안 갇혀있던 내 언어와
한 겹 한 겹 겹쳐진다

　　—「사이다」 부분

시인은 화풀이로 글을 쓰던 버릇이 온전치 않은 발걸음

으로 아파트 놀이터나 겨우 쏘다니는 "쑥스러운 말줄임
표"로 바뀌었으며, 괄괄하다 조용해진 성질로 "자숙의 글
쓰기 중"이라고 털어놓는다. 그것도 "이제 겨우 한 사람의
마음만이라도 제대로 읽을 줄 아는" 바탕에 행동이나 태
도를 스스로 삼가는 자세로 글을 쓰려 하는가 하면, 솟구
치는 감정을 자제해 "묵직하고 서늘하고 몽롱하게 / 뒤섞
이다가 / 몸 안 갇혀있던 내 언어와 / 한 겹 한 겹 겹쳐진
다"고 그 자숙과 자성이 이루어지는 과정을 내비쳐 보이기
도 한다.

시인은 주어진 운명의 주부(여성)로서 시를 지향하며 살
아가는 내면의 풍경을 표제시 「엘피판 뒤집기」에서 다각적
으로 떠올려 보인다.

설거지 끝낸 손이 어쩌다
복개천 버즘나무 같을까

촘촘한 길 읽어내던 전축바늘
엘피판에 중독된 나는
라이브 카페 고흐의 초상화 같은 남자에게
압생트는 없냐고 외쳐보는 중이다

밥풀 몇 개 동동 떠내려 보낸 싱크대
손에 젖은 물기를 탈탈 터는데
문틈으로 보이는 버즘나무는

어찌 그리 나를 닮아 가는지
어제 내린 서설瑞雪에 출렁이던 가지들은
잘린 귀를 들고 와서
어디에 붙일까 고민이다

매연에 찌든 가지는 가늘어도
아랫배 자꾸 부풀리는 버즘나무
언 몸이 부스스 살가죽 벗기더니
턴테이블 기어 나온 음악 곁에
말갛게 씻긴 그릇들을 놓아둔다

이맛살 주름으로 기타 튕기던 남자
며칠 전 허공을 짚던 그 남자의 반주
저렇게 늙도록 변방의 카페를 떠도는 연유가
싱크대 마지막 빠져나가는 물
배수관 핥는 소리를 닮았다면
억측일까

내가 넘기는 엘피판 뒷면은
여전히 복개된 개울이어도
나무가 이제 환한 봄빛이면
버즘나무 그만 우울해도 되겠다

　─「엘피판 뒤집기」 전문

시인은 자신의 손이 거칠어 버즘나무 같다고 느끼고, 설거지를 끝내고 문틈으로 보이는 버즘나무가 자신을 닮아간다고도 느낀다. 상서로운 눈송이에 출렁이던 버즘나무 가지들도 엘피판이 전축바늘에 긁히며 흘러나가는 음악을 들었을 것이므로 고흐의 초상화肖像畵(자화상)의 잘린 귀를 연상하며 그 나뭇가지의 잘린 귀를 어디 붙일까도 고민(고심)한 모습도 그려진다.

이 같은 발상(상상)의 이면에는 라이브 카페에서 고흐의 초상화 같은 남자(기타리스트)와 바리스타에게 음료수(또는 물)나 얼음으로 희석해서 마시는 증류주인 압생트를 외쳐 요구하던 기억이 자리 잡고 있으며, "촘촘한 길을 읽어내던 전축바늘 / 엘피판에 중독된" 화자가 함께 포개져 있는 것으로 읽힌다.

이 상상(환상)은 점차 입체화立體化된다. 복개천의 매연에 찌든 버즘나무가 가지는 가늘지만 아랫배를 부풀리며 그 "언 몸이 부스스 살가죽 벗기더니 / 턴테이블 기어 나온 음악 곁에 / 말갛게 씻긴 그릇들을 놓아"두는 장면이 그려진다. 또한 늙도록 변방邊方의 카페를 떠도는 기타리스트가 허공을 짚으며 이맛살의 주름으로 연주하는 연유가 "싱크대 마지막 빠져나가는 물"이 "배수관 핥는 소리를 닮았다"고 은유와 초현실적 묘사로 비약하는 표현을 하기도 한다. 이 같은 비약적 상상력은 낯설게 하기의 기법 때문에

난해성을 대동하지만 개성적인 언어감각의 소산으로도 읽힌다.

엉뚱한 추측인지는 모르지만, 이 시에 등장하는 버즘나무는 매연에 찌든 복개천覆蓋川의 나무이기도 하고, 복부비만腹部肥滿의 바리스타로 보이게도 하며, 매연(세상사)에 찌들고 복부에 살이 찌는 화자 자신을 희화화하는 대상으로도 그려지는 게 아닐까 하는 생각에도 이르게 한다.

이 시의 하이라이트는 마지막 연에서 연출된다. 엘피판은 다시 복개도로로 바뀌어 등장하고 버즘나무는 화자와 하나로 어우러지는 변용이 이뤄지기 때문이다. "내가 넘기는 엘피판 뒷면은 / 여전히 복개된 개울이어도" 봄이 오면 그 위의 버즘나무가 "그만 우울해도 되겠다"는 표현은 봄이 오면 인동忍冬하며 우울해했던 복개도로 위의 시간들이 달라지기를 염원하는 마음을 내비치고 있기 때문이다. 이렇게 본다면, 엘피판 뒤집기는 더 나은 삶을 향한 꿈꾸기이며, 그런 시를 쓰고 싶은 소망의 완곡한 표현이기도 할 것이다.